# 愛相隨

活水

# 序

這篇小說主要是敘述市井小民如何面對自己的人生，所謂「最遙遠的彼方卻是最近的距離」，大部分人生活在高聳大樓中，而且是已經畫好的小格子裡，大門一關門外的世界似乎與自己無關，人們之間的互動越來越少，只能聽見大門鑰匙轉動聲音，只有出了大門可能才有機會，因為大家低頭滑著手機。公車扮演著城際與區域聯繫的橋樑，公車上人來人往，有人藉著公車每天通勤，每個人選擇公車為交通工具的原因有很多。本書藉著公車串起人與人的連線，縮短人與人之間的距離，在書中有三個故事，三個故事看似獨立，卻又交織在一起，但又不是緊緊纏繞著，卻是我們平常生活的點點滴滴。

這次本書的順利完成要感謝周遭的朋友，南台中家扶中心社工師鍾揚傑先生、台中市召會朱兆港弟兄、大遠百戴靖娟小姐、清水站站長林伯軒先生、東南區義交湯哲寅先生、翁宇峰先生及王欽柏先生的協助，還有統聯客運台中市公車烏日站、台中市交通義警大隊東南區義交中隊、中騰保全 LaLaport 北館所有同事，最重要的是我的兒子鋐洋，幫我畫了一幅美麗的封面。

在　主的帶領下終於把這篇小說順利完成，在撰寫過程中領受神的話語，讓我得以順利完成這本小說，這一切榮耀歸於　主，阿們。

「來喔！來喔！人客快來，快來喝全臺灣最好喝的仙草茶，最好吃的仙草凍，這裡也有仙草麵，還有人客想要帶回家吃的客家米食，我們這邊通通都有賣，不怕你不買，就怕你不識貨。」一位年輕人用大聲公在路邊，對著剛停好的三輛遊覽車，大聲喊叫著。

年輕人高興地走到第一輛遊覽車前，遊覽車車門一打開，年輕人便對門口說著：「德哥辛苦了，歡迎來關西走走，從臺中來的路上沒有塞車吧？」

一位體型壯碩的領隊，走了下來跟年輕人握手：「壯壯你好，好久沒看到你，你現在越來越發福喔！」

壯壯笑著摸著頭說：「沒有啦！還是跟以前一樣。」

德哥：「今天從臺中來的你要好好照顧喔，要把你們家最好的端出來。」

壯壯笑著：「沒問題，一切包在我的身上。」

德哥回到車上用擴音器廣播：「大家現在可以下車，來到關西吃最好吃的仙草凍，喝最好喝的仙草茶，等下覺得好吃就不要客氣，貴賓們，大口的吃，吃不夠也可以買回去吃。」

車上的乘客早已經議論紛紛，迫不及待的要品嘗臺灣最好吃的仙草和客家米食，年輕人走在前面引導著。

一輛公車正疾駛在路上，刺耳的煞車聲聽得令人不安，德哥心一驚回頭一看：「這輛公車怎麼這樣開呢？」

公車司機兩手抓緊方向盤，兩顆眼珠瞪得大大的，身體向前靠近方向盤，額頭上還不時冒出冷汗，車上約有十多位乘客，其中一位坐在前面的年輕女性乘客緊張的說：「司機你要不要緊，你是不是身體不舒服，你要不要先開到旁邊休息一下，還是要叫救護車？」

阿婆：「是啊！運將你先開到旁邊休息一下啦！」

坐在後面一位中年男性乘客不高興的說：「說什麼去旁邊休息？你給我繼續開喔，我趕時間，等下我去檢舉你，讓你好看。」

阿婆：「你在說什麼？人家不舒服，不能先到旁邊休息啊？」

中年男性乘客：「阿婆關妳什麼事，妳閉嘴。」

阿婆生氣的說：「年輕人你的脾氣這麼差啊？」

中年男性乘客大聲的說：「快進棺材的人說什麼話？」

另一位中年女性乘客生氣的說：「拜託講話尊重一點好嗎？」

此時大家開始吵了起來，你一句我一句誰也不相讓，坐在最後一排角落的女性年輕人拿起手機，開始對著每一個吵架的人錄影。

車身稍微晃動了兩下，司機再次抓緊方向盤：「別吵了，我一定開到大家都下車爲止。」

司機邊揉太陽穴又按摩後頸，還不時搓揉胸口，司機心裡想著：「只剩下十幾站而已，就是十幾站，忍耐一下就可以，到了終點站就可以休息了。」

原本車內吵成一團，因爲停靠站次數多，下車的人數越來越多，車內開始寂靜了下來，下車時阿婆回頭對司機說：「錢要賺，但是身體也要顧一下，等一下跟公司請假去看醫生。」

司機點了頭：「我知道，謝謝。」

公車開到終點站之後，司機踩足油門，一路衝回調度站。

公車一路上搖搖晃晃，引擎轉速時而急速拉高的聲音，聽起來令人不悅，德哥正專注招呼客人，一聽見引擎急轉的聲音抬頭一看，德哥：「怎麼又是這輛公車，開成這樣是要趕死喔？」

「再過兩個紅綠燈就可以回站上了」司機心裡這樣想，車輛開回調度站之後，司機把車輛停好，手煞車拉起關掉引擎，司機這時才鬆了一口氣，正要解開安全帶，卻一時之間無法解開，這是個很簡單的動作，一按壓扣安全帶就自動彈出，但是今天安全帶似乎卡住，費了一番功夫才解開。在座位上待了一下子，準備起身提起錢筒下車，才剛提起錢筒一瞬間，頭開始天旋地轉，眼前一片模糊轉黑暗，呼吸急促到不能呼吸，整個人失去意識倒在地上，錢筒又掉回原位。

在調度爲了報班與車輛調度忙得焦頭爛耳之際時，突然想起陳火旺曾經打電話回來，表示身體不舒服要回來休息，調度一邊打著電話：「許家財你幫我進七點三十分的班，對！對！來不及沒關係，發就對了……沒辦法，我沒車了。」

調度眼睛盯著分車表：「林春生你去幫我看一下陳火旺，怎麼到現在還沒回來？」

正在寫憑單的林春生：「好啦，等一下我憑單寫完再出去幫你看看。」

這時調度的電話響起：「蕭汶強你的車路故嗎？是水管漏水嗎？車先停旁邊吧！先打給維修組，順便拍照給我，後面看處理如何，再打電話給我。」

調度掛了電話口中還念著：「爛車！一早就路故三臺，害我派不出車來，爛車！眞爛！」

一會兒林春生一手拿著憑單，一手提著錢筒往外走了出去，林春生一如往常車子就開了出去。

又來了一位司機報班，調度手上忙著準備憑單：「叫林春生幫我看 341 結果跑了，陳進德等一下吹完酒測，幫我看 341 回來了沒有？」

吹完酒測的陳進德：「副座，341 在場內啊！我剛才進來的時候有看見啊，我還以爲 341 今天沒出去。」

調度：「我從剛才忙到現在，你先幫我看一下 341，剛才叫林春生幫我看陳火旺，結果人跑了，等一下有空幫我看一下 341，陳火旺剛才打電話回來說人不舒服，說要砍課去看醫生。」看了一下牆上的時鐘：「他在半小時前就要回來，結果到現在還沒回來，等下有空幫我看一下陳火旺。」

陳進德：「等一下我出去幫你看。」

陳進德將出車憑單整理好，帶著錢筒出門去了。

過了不久，電話響起，調度接起電話：「陳進德什麼事？」

調度的臉色突然大變：「什麼！陳火旺昏倒在車上？你有說錯話嗎？你在開玩笑嗎？叫一一九沒？」調度隨即衝出門外，只見 341 車上陳進德正對陳火旺實施 CPR，陳進德身上的白襯衫早已溼透，這時調度匆匆忙忙地跑了過來，一邊打著電話一邊找人幫忙。

一輛公車正停在燈誌前，右腳含著油門，準備綠燈一亮時立刻向前衝，車上的司機陳國輝滿嘴鬍渣，戴著墨鏡霸氣十足，嘴邊輕聲哼著，手指有節奏的敲打方向盤，陳國輝的左手食指按了耳邊的藍芽一下，綠燈一亮，陳國輝的油門一踩，車子急速地往前，陳國輝一派悠閒開著車：「你說誰死了？陳火旺死了？在哪裡？」

耳邊的藍芽：「聽說死在341上，有人發現的，只知道是這樣，公司叫我們收班時不要逗留，趕快回家而已。」

陳國輝：「有人打電話進來，等一下。」

陳國輝看了手煞車旁的手機，將手機通話轉合併通話：「唐理文你好，線上還有黃耀文。」

黃耀文：「理文大哥你好。」

唐理文：「是黃耀文啊！早啊，聽說陳火旺死了，而且是死在341車上。」

陳國輝：「對啊，黃耀文剛才有說，警察、交通局、勞工局的人都來了，聽說記者也來了，而且還說收班趕快回家不可以逗留。」

黃耀文：「記者也來了？這個新聞會報出去嗎？」

陳國輝輕笑一聲：「哼！這種事情新聞會報嗎？死人是你家的事情，新聞只會報公車司機斥責乘客、過站不停、司機去買午餐、司機又脫班了這些而已啦，司機超時過勞死不會報啦，所以當司機該死啦，市政府開了那麼多的路線，只要求畫一個公車格給車停也不肯，畫了一個公車格還要被小烏龜違停，打電話給警察處理，小烏龜雞巴你，警察叫他來不知道要等多久，我看自己小心一點。」

唐理文：「對啦，開公車該死啦，死沒人哭啦，要不是看在錢的分上，誰會想要來開公車？只有頭殼壞去才會來開公車。」

黃耀文：「如果我中樂透的話，我一定拿錢砸調度室門口。」

陳國輝笑了一下：「哈！你是要拿多少錢砸調度室？還是我讓你砸好了。」

陳國輝車上下車鈴響起，陳國輝將車停靠在站旁並且打開了車門，有三位乘客依序下車，一位乘客下車時對陳國輝說：「司機拜託你，開車時不要講電話，這樣很危險的。」

陳國輝戴著墨鏡看了一下乘客，眼睛被墨鏡遮住，不知道是眞看還是假看。

陳國輝：「小烏龜開車講電話，就不會出車禍，我們開車講電話，就會出車禍，甚至喝個水也會被投訴，這是什麼道理？」

唐理文：「沒辦法，說來說去，早點離開這個行業還是比較好，早點脫離苦海陳施主，黃耀文你最年輕，還有十五年，陳國輝你也很早多多保重，我剩下六個月就要退休，勞保先領再說，不然勞保倒了領不到。我到了，我要先休息了，你們慢慢聊。」

黃耀文：「我也到了，我也要休息了。」

陳國輝：「我也快到了，大家先下線吧，再見。」

唐理文：「再見。」

黃耀文：「等一下再連，先休息了。」

陳國輝左手按了一下藍芽，藍芽繼續撥放著音樂，右腳踩足了油門，車輛向前方駛去。路邊站牌有人招手，陳國輝急速將公車靠緊在站牌前，站牌旁的乘客，被這急駛來的公車嚇著，紛紛後退一步，其中一位中年女性乘客有點生氣：「每次進站一定要開這麼快嗎？」中年女性乘客上車之後念了司機幾句：「一定要開這麼快嗎？以為自己開車技術很好嗎？撞到人怎麼辦？」

陳國輝聽了之後，隨口回了幾句：「車來自己不會看不會閃喔？一張嘴是要念什麼？瘋女人！」

中年女性乘客聽了之後，不甘心也回話：「我怕你嗎？兇什麼兇？你再這樣我就投訴你。」

陳國輝聽了更火：「手機拿出來，上面有我的編號照片姓名，拍仔細一點啊，申訴電話記得也要拍啊。」

中年女性乘客也不甘示弱：「我就拍給你看！」拿出手機，拍了名牌與申訴電話就回到座椅上。而陳國輝則開著慢車，時速不到三十公里，後面的車輛受不了公車的龜速，紛紛長按喇叭超車而過。

***

中年女性乘客下車之後，走了一段路到了一間商業大樓，進電梯按下五樓，一出電梯有三間辦公室，看了左邊辦公室大門寫著「中勇保全」四個大字，整理一下儀容走了進去。

辦公小姐看見有人走了進來便起身，臉上帶著笑容：「請問是張純純小姐嗎？」

中年女性乘客略帶緊張的說：「妳好，我是張純純，我來應徵保全工作。」

人事小姐手上拿著資料：「這邊坐，這裡有些基本資料要填，後面還有要注意，寫完之後會叫妳，叫妳再進去。」張純純緩緩坐了下來，看著人事資料表格逐一填寫。

過了約十分鐘，張純純已經將基本資料填完，抬頭看了辦公室的裝潢，人事小姐看了張純純：「資料寫好交給我吧。」

人事小姐將資料遞給辦公室的男子：「張小姐請進。」

張純純起身進入辦公室，對面坐著中年男子：「請坐，我是朱清泉副處長，這是我的名片。」

張純純收下名片，朱清泉副處長看了自傳問：「以前沒做過保全嗎？以前都做餐廳、自助餐？」

張純純點頭：「是的，我以前都是做餐廳端菜、洗碗的。」

朱清泉副處長：「怎麼會想來做保全呢？因爲薪水高嗎？」

張純純點頭：「是的，我看到你們在徵人，薪水有四萬二，我想在餐廳工作只有三萬四而已，所以想來試看看。」

朱副處長：「保全一天上班十二小時，基本站二小時休一小時，現場還要看主管的安排。一個月的基本工時是二八八小時，沒有達到基本工時二八八小時，是沒有四萬二喔！大月休七天，小月休六天，這個工作很單純，『PYPY 娛樂購物城』現在正在趕工中，中勇保全承接『PYPY 娛樂購物城』保全工作，目前公司需要大量保全員，工作時間早上七點到晚上七點，我看你的住家有一段距離可以嗎？有被法扣三分之一嗎？」

張純純點頭：「我沒有被扣三分之一的問題，這份工作我可以做。」

朱副處長：「一天工作十二小時喔！公司福利部分，三節獎金及年終獎金而已，特休假依照勞基法規定，個人年度有被記過是要扣錢的，這樣的條件可以接受嗎？到目前爲止明白嗎？」

張純純點頭：「我知道。」

朱副處長：「我們這個是做商場的，新的商場沒做過保全，那讓妳做外哨好嗎？就是交管，這個薪水高一點，四萬四？」

張純純點頭：「四萬四，好！我做，我要做。」

朱副處長：「確定嗎？不勉強喔，妳還要考慮交通的問題喔！」

張純純點頭：「沒問題，我可以的。」

朱副處長：「確定的話，我們還會經過查核，公司這邊眞的可以的話，大約十五天後會通知妳，如果沒打電話給妳，就表示沒通過，還有什麼不明白的地方嗎？」

張純純點頭：「我沒問題。」

朱副處長：「確定的話十五天後，公司會通知妳，審核過之後公司會通知妳，好嗎？」

張純純：「好的，謝謝。」起身離開了房間。

張純純心裡盤算著：「如果這份工作應徵到的話，四萬四！四萬四這可是不小的數目，以前的薪水都沒這麼高，工作應徵到的話，家裡的生活就好過了。交通部分從家裡騎機車，然後再換公車，這樣也來得及。」高興地離開辦公室。

＊＊＊

一座鐵門緩緩打開，走出理著小平頭的四人，手提著袋子。其中二人一離開鐵門，便伸腰大吸空氣，其中一人：「外面的空氣眞好聞，爽啊。」

此時路旁各有兩輛黑色賓士車，門一打開，年輕人紛紛下車，兩旁各約有五、六人，剛離開鐵門，其中二人分別來到車旁，高興的跟年輕人談話，過沒多久，四輛賓士車便急速駛離。

現場只剩下兩人尚未離去，其中一人點根菸，遞給另外一位剛出來的獄友：「兄弟快走吧！千萬不要回頭，監獄不是什麼好地方。」

獄友接過香菸抽了兩口：「謝了哥，我姓江，我叫江重滿。」

「我叫張啓國，終於可以回家了，回去之後一定要重新做人，我的太太跟小孩還等著我。」張啓國充滿信心地說。

江重滿：「加油，再見。」

兩人相互揮手道別。

江重滿一路上無語，走進便利商店：「一包厚的七星。」

店員：「好的，一包七星。」

後面排隊的顧客小聲地說：「一定又是臺中監獄出來的，離他遠一點。」自動退了一步。

江重滿拿起菸結完帳，自然地走出店門。

江重滿走到售票窗口：「一張全票到新竹。」

售票窗口：「好的，全票一張到新竹。」

江重滿拿了車票坐了下來，他那小平頭引來一些目光，有些人不免多看幾眼，這些不經意的目光讓江重滿心中出現閃躲的不安念頭。江重滿開始焦慮了起來，到外頭抽起菸，拿出打火機，右手微微顫抖，點了三、四次才點燃香菸，每一口都深深吸入，緩緩吐出，香菸好像鎮定劑，一抽心情就緩和下來，味道眞是迷人，江重滿正享受香菸時，廣播傳來：「往新竹的班車準備發車，需要搭乘的乘客請在上車處上車。」

江重滿多吸了一口，隨即將菸頭丟下，腳踩了幾下就趕緊上車。車子一開始在高速公路走走停停，江重滿看著左前方的火炎山越來越近，之後的火炎山也逐漸離開視線，此時車子不再走走停停，車速開始加快，江重滿的眼皮逐漸加重，不知不覺中睡著了。

車輛來到終點站新竹，江重滿下車吸了一口氣，這裡原本是個熟悉的地方，今天卻是一點也不熟悉。十年了！十年不曾回來，江重滿轉搭市區公車，準備回到關西老家，5619 路公車是回家的一條重要公車，學生時期一定要搭 5619 路公車上學，回家也要搭 5619 路公車。

那時江重滿十七歲，便學會了騎機車，從此不再搭公車了。經過了十五年的今天，江重滿再度搭上 5619 路公車回家。上車時被公車司機打量了一番，因爲那小平頭不讓人注意實在困難，江重滿走到最後一排角落坐了下來，望著窗外。

車上播報器：「下一站亞森農場。」

江重滿按了下車鈴走到前門，下車後點起了菸，準備回那已經離開十年的家。

從站牌步行到家門口約四十分鐘，江重滿沒有想很多，只是默默地走路，一步一步的向前走，菸抽完又點起一根菸，四十分鐘的路程終於走完了，終於到了家門口，江重滿自然的按了門鈴，按了幾次沒聽見聲音，電鈴好像壞掉了，便自己推開大門進入家裡。

家裡沒人也沒有任何動靜，只有牆上的時鐘低沉的滴滴聲，家裡很乾淨，有人定期整理過的感覺，江重滿將提包放在地下，找了一張椅子躺了下來。不知道過了多久，門外進來一位約六十多歲的老人，老人看見地下有一個提包，再看椅子上正躺著一個人。

「重滿是你嗎？重滿！」老人驚訝的說道。

江重滿從椅子上起身，看了眼前的人：「叔叔！」

老人激動的摸了江重滿的臉，又摸了兩隻臂膀，江重滿高興地說：「叔叔是我，阿滿。」

叔叔激動的說：「回來就好，回來就好，回來就好……」

江重滿：「叔叔我倒杯茶給你喝，叔叔坐。」

叔叔高興的說：「好，好，阿滿好。」眼淚已經奪眶而出：「阿滿日子過得還好嗎？在裡面有人欺負你嗎？這麼多年沒有回來，還記得這裡嗎？」

江重滿：「在裡面沒有自由當然不好，有的時候還會有人來欺負，至於這裡還記得嗎？想記得記不了了，想忘記卻也忘不了。」

叔叔：「沒關係，沒關係，重新來過，只要你是眞心改過，一切都可以重新來過。說到重新來過，你爸因爲一清被抓去關，出來之後繼續跟那些人混，最後跑到印尼去。你媽也很誇張，把家裡的祖產變賣光，錢到手之後就跑了，這間房子還是我求你媽不要賣掉，等你回來給你，你媽才心不甘情不願地留下，現在不知道他們過得如何？」

江重滿：「沒關係，至少阿滿回來了，阿滿是眞心要改過，叔叔相信我，我不會讓叔叔失望的，我會證明給叔叔看的。」

叔叔：「我知道，我知道，我都知道，我去準備火爐幫你過火，順便煮一碗豬腳麵線，不只豬腳麵線，還要準備阿滿喜歡吃的菜。」

江重滿高興的說：「叔叔我幫你。」叔叔與江重滿高興的一起去準備東西。

***

「血汗客運公司還我哥哥命來！」

「殺人兇手償命來！」

「過勞死殺死人！」

一早客運公司調度站外頭抗議的聲音不斷，滿地盡是冥紙，原來是陳火旺的家屬，不滿意之前協調的內容，今天來到客運公司調度站門口抬棺抗議，經理與站長林博煊，則無奈地站在調度室門口，看著這場抗議，過了約三十分鐘，陳火旺的家屬，則前往交通局抗議。

這時經理點起一根菸：「說過勞死！那家客運不是這樣，工時就是如此的長，不要說客運，一般的工廠不靠加班有錢賺嗎？沒有這樣哪來的高薪？」

站長林博煊吐了一口菸，心若有所思：「大家來這裡就是要多一點薪水，問問看有哪一位司機願意長時間工作，下班回去累得要死，一大清早又要早起開車，平日還要應付客人無理的要求，一天到晚申訴電話接不完，自己搭不到公車怪司機，司機開得快一點也不高興，搭免費公車還在那裡大小聲。」

經理：「我們是大眾運輸業，不是服務運輸業，還有一些人專門來敲詐司機，在車上假裝跌倒，或是故意被門夾到，然後向司機要錢要精神賠償，每天接到奇奇怪怪的電話一大堆，我還聽過某間牛排店被檢舉，說牛排沒有全熟，隔天衛生局還來檢查。」經理抽了一口菸：「目前這件案子判定司機有疾病在身，原本他就有酗酒抽菸的習慣，加上有高血壓，所以要判定是過勞死還有待商榷。」經理望著路上的來往車輛，轉身看了站長林博煊：「那博煊，我先回去了，有事情再聯絡。」

站長林博煊：「好，經理慢走，開車慢一點。」

站長林博煊看著經理開車離去後，環顧一下場內四周便進入調度室，調度剛掛電話：「剛才接到客服的兩件客訴，一件是乘客投訴前天我們的司機洪景樺，去買便當花了將近十分鐘；另外一件是司機陳國輝開車時講電話，乘客覺得是危險駕駛，全車的性命都在司機的手上，司機不應該在開車時講電話，要求公司開除司機。」

站長林博煊無奈地說：「又來了客訴案，跟陳國輝說，叫他開車時不要講電話。」

調度：「好，我打電話跟他說。」

躺在後排椅子上休息的陳國輝抱怨著：「客訴我開車講電話，最好不要被我知道是誰，不然我一定要他好看。」話才剛說完，外頭有人敲門，陳國輝起身走向門前一看，外面有兩位中年婦女敲著門：「司機什麼時候開車啊？等很久腳很痠耶，而且外頭很熱我們要進來吹冷氣！」

陳國輝看了一眼，就走回去後排椅子上，繼續睡覺。

大約過了二十多分鐘，鬧鐘響起，陳國輝起身準備開車，車子一起動車門一開，剛才敲門的兩位中年婦女上車抱怨：「從沒見過這麼沒良心的司機，也不讓我們去車上坐著休息，害得讓我們站在外面熱死了，壞司機壞死了。」陳國輝只顧開著車子。

路上站牌旁有人招手，陳國輝一看又是「常客」，行動緩慢的老太太，心裡一直嘀咕著，陳國輝將車子停好之後拉起手煞車，順便按下「側跪」鍵，因爲老太太行動不方便，所以要等老太太上車坐好，要等上一兩分鐘，所以很多司機不想遇到這位老太太，除了時間耽誤之外，最怕就是老人家在車上發生意外，因爲老人家跌倒事情會不好處理。

陳國輝一起步之後馬上催滿油門，好像耽誤了很久讓他等得不耐煩，一路上快速行駛，中途看見速度稍慢的轎車，就不停輕按喇叭，在大車的眼中，這些轎車稱之爲「小烏龜」，這些轎車什麼時候被稱之爲「小烏龜」？沒有人知道，只知道這是上面的人傳下來的。但是有一點可以確定的是，很多轎車眞的開……很慢，就像是有些人在遛狗一般，而這些駕駛他們是在遛車。

晚上八點多陳國輝收班，回到站上加滿油，陳國輝把車停好之後，開始拿著拖把拖著地板，「他娘娘的！」大罵一聲，原來是剛才在車上有人喝珍珠奶茶，整杯飲料倒在車上，整車到處是黏黏的，還有硬掉的珍珠，「媽的，飲料不用錢啊？拿也拿不好，故意的嗎？我看是故意倒滿地吧！最好絕子絕孫，害我還要拖地晚下班。」收完班後在調度室外抽菸。

林春生走了過來：「國輝兄收班啦！」

陳國輝：「是啊！抽完菸就回家。」

林春生：「今天路上在鋪柏油，塞車塞死了。」

陳國輝：「知道啊，還好我沒開 5620，不然眞的塞死了。」

林春生：「早點回去，明天還要早起，先走了。」

陳國輝：「騎慢一點。」陳國輝一邊抽著菸，一邊看著收班的車輛，抽了幾口之後菸頭丟在腳邊，腳尖踩了幾下菸頭，轉頭騎車回家去。

陳國輝回到家已經是九點多了，在門外聽見屋內有吵架聲，心中充滿了怒火，吵架是家常便飯，這個家早已不像家，進門便見太太與孩子正在爭吵，陳國輝很不高興的說：「黃彩芸！兩個在吵什麼？」

彩芸指著雲翔憤怒的說：「國輝，你看看你的雲翔，上學每天遲到，作業遲交，在學校不知道被記了幾支警告、幾支小過，學校打電話來，念他幾句不高興就摔東西，高三了就這樣，往後的日子該怎麼辦？高中畢得了業嗎？」

雲翔不屑的說：「遲到就遲到，作業遲交就遲交，不關妳的事，管那麼多幹嘛？我的事自己會處理。」

彩芸：「看看你的兒子就是這副德性，你不在家就是這樣吵，吵得我都煩死了，我實在不想管了。」

雲翔：「不想管最好，那就不要管啊！」

陳國輝生氣的說：「你他媽的，陳雲翔說話客氣一點，你再這樣說話，我就不客氣喔！」

雲翔有點挑釁的說：「來啊，試試看，看誰的拳頭比較硬啊？」

陳國輝想要衝前去：「是嗎？來試一試啊！」

彩芸攔著陳國輝：「雲翔不要惹你爸了，去睡覺了。」

雲翔走回房間「碰」的一聲，陳國輝：「越來越離譜，簡直不像樣，上了高中之後整個人都變了，爛死了，爛人一個倒不如去死一死。」

彩芸：「不要對孩子這樣說話，他還是孩子，氣話少說一點，先去洗澡不要氣了。」

陳國輝仍在氣頭上，洗澡時邊罵孩子的不是。

彩芸將衣服晾好之後回到房間，只見陳國輝早已呼呼大睡，彩芸搖了陳國輝：「睡了嗎？」

只見陳國輝邊睡覺邊說話：「說吧！很累了，明天四點半還要起床。」

彩芸低聲地說：「雲翔的狀況我實在很擔心，怕他考試不過，畢不了業。」

陳國輝邊睡邊說：「孩子能教就教，不能教就算了，管他的，我實在累了，我要睡了。」

彩芸還想要多說幾句，看見國輝每天早出晚歸，回到家時累得要命，心裡也就忍了下來。

清晨四點半鬧鐘準時響起，一如往常，陳國輝聽見鬧鐘，自動起身，盥洗之後騎車出門。

一早內心悶悶的，可能是昨晚的事情讓他煩心吧，孩子的叛逆讓陳國輝飽受壓力之苦，一路上來往車輛稀少，只見清潔隊員正在打掃街道，一些早餐店開始營業，早起的人們正在公園運動，今天的太陽則是躲在雲層中不露臉，陳國輝在路上買了早餐，往調度站前去，到了調度站，陳國輝趕緊發動車輛，然後再回到調度室報班，過了一段時間帶著憑單及錢筒準備出門。

今天又是忙碌的一天，每天一早要跟汽車、機車、行人、乘客打交道，每一個環節都不能有差錯，直到收班把車停好，才算是安全下莊。

「陳國輝」是怎麼樣的人呢？他的心裡在想些什麼呢？由於話不多加上戴著墨鏡留著鬍子，談話時屬於冷酷型，所以一般人很難輕易接近陳國輝，站上的同事也不是很了解陳國輝，因為清早大家將車開出去，直到收班時才將車開回來，同事之間接觸的時間，也只有早上報班與晚上收班，而早上由於大家趕著出門，所以話少僅於打招呼而已，收班時間晚，隔日還要早起，大家忙著下班，不會有太多逗留，所以同事彼此溝通的時間，便落在上班時用藍芽耳機「連線」。

「連線」有幾點好處，常保持說話不容易打瞌睡，而且路上有突發狀況，可以互相告知。很多乘客認為司機開車時，不應該聽音樂講電話，覺得司機一邊開車一邊講電話，是件危險的事情，但是車上乘客有的聊天很大聲，或是玩手機遊戲看影片，也是吵著全車，司機也是受不了，所以爲了這事雙方各持己見不肯退讓。

***

一大早天才剛亮，張純純上街準備買些東西，剛好迎面而來是陳國輝開的公車，兩人目光對峙直到車輛駛離，張純純過了馬路來到哥哥開的擇日館，張純純敲了幾下門，裡面有人開門，張純純：「哥！」

張家錩：「原來是純純啊！進來坐吧。」

張純純：「哥，上次跟你說明治的事情你看得如何？」

張家錩倒了一杯熱茶：「熱茶趁熱喝，我看了一下，明治的事情確實不好處理，前世債欠的太多，今生要還清很困難，必須作很多次才可以化解。」

張純純：「謝謝哥，沒關係啦！哥，你這麼願意幫明治，做妹妹的實在很高興，我這個做媽媽的實在很愧對明治，當初要是聽哥的話，就不會有今天的事了。」

張家錩嘆了一口氣：「人生很難說，純純妳也不要怪自己，現在我們針對明治的事情來處理，後天晚上我會過去，到時候妳再準備一下。之前聽說妳要找工作，不知道找的如何？」

張純純：「之前找了一家保全，工作地點在市區，最近要開幕的『PYPY 娛樂購物城』。」

張家錩：「從關西到市區，這樣的距離會不會太遠？工作時間？內容呢？對妳會不會太累？」

張純純：「還好啦！我有看過上下班時間，我搭公車可以的，每天工作十二小時，只是保全而已，不像以前要端很重又很燙的湯，現在等通知而已，通知過了就去上班，薪水還不錯，有四萬四。」

張家錩：「這樣就好了，找一份好工作，穩定一點。」

張純純：「好的，哥謝謝你啊！我先離開了，一切拜託哥了。」

張家錩：「好的，妳路上騎車小心啊！」張純純起身離開擇日館。

張純純騎著機車，載著剛才在市場採買的東西，小心翼翼地騎回家，張純純費了一點力氣把機車立好，將機車上的東西，大袋小袋一次全部提進家門，家裡沒有開燈顯得昏暗，張純純找了客廳燈的開關打開，將手上的東西放在廚房桌上，張純純輕輕敲了兩聲房間門：「明治、明治起床了嗎？吃早餐了。」

「叩、叩」這時從門裡敲了兩聲，張純純這時候開了一點縫隙，將早餐放在旁邊的小板凳上，然後輕輕關上房門，張純純繼續將今天採買的東西處理，等到全部弄完已經是十點左右了。

張純純輕輕敲了兩聲房間門：「明治、明治，媽媽要收垃圾了。」這時從門裡敲了兩聲，張純純打開門將小板凳上的垃圾收掉，張純純坐在客廳的沙發上，打開電視 DVD 放映著《滾滾紅塵》，張純純若有所思注視著影片，不知道什麼時候兩行眼淚流了下來。

在沙發上睡著的張純純突然驚醒，電視中的《滾滾紅塵》劇情播到女主角被淹沒在人群之中，張純純整理了一下儀容，起身準備午餐，過了沒有多久張純純端了一碗飯菜，張純純輕輕敲了兩聲房間門：「明治、明治，吃午餐了。」

「叩、叩」這時從門裡敲了兩聲，張純純這時候開了一點縫隙，將午餐放在旁邊的小板凳上，然後輕輕關上房門，張純純對著房間門輕聲地說：「明治，媽媽去工作了，如果午飯吃完自己放在外面，媽媽回來再收拾，媽媽出門了。」張純純準備了一些簡單的打掃用具，換上一件簡單的衣服，把客廳燈關了，到了門口看了一下客廳，鎖上大門便轉頭騎車出門了。

張純純騎著機車約二十分鐘，來到一處別墅門口，按了一下電鈴，這時門自動打開，張純純帶著打掃用具便進入屋內，這一進去直到下午五點才出來，張純純匆匆忙忙騎著機車趕回家去。回去的路上瞌睡蟲爬上張純純的大腦，一路上張純純邊騎車邊打瞌睡，「叭！叭！叭~」後面的機車狂按喇叭，張純純隱約聽見後面有咒罵聲趕緊催油門，一個睡意又爬了出來，一個恍神讓張純純驚醒，一個緊張使得張純純手把沒抓穩，機車左拐右彎的撞上路旁的行道樹，這一撞，機車上的打掃用具掉了下來，張純純也差點跌了下來，張純純把打掃用具放回車上，順便看了一下機車狀況，張純純看了一下，車頭大燈燈罩跟前面車殼裂開，「還好，沒事！」張純純拍了一下車頭便又騎著機車回家。

張純純回到家裡開始準備晚餐，不一會兒張純純手上端著熱騰騰的晚餐並且敲了兩聲房間門：「明治、明治，晚餐好了。」張純純見房間門沒有回應再敲了兩聲「叩、叩」，等了約兩分鐘明治的房間門沒有回應，張純純嘆了一口氣：「明治你不吃的話媽媽吃了。」張純純端著明治的晚餐，走到客廳吃了起來，這樣的情形不只發生一次，在張純純眼中習慣了，明治想吃的時候自然就會吃了，不用像以前這麼的擔心。張純純看著電視放映著《滾滾紅塵》，一邊吃飯一邊盯著電視看，張純純很仔細地注意每一個情節，彷彿化身沈韶華身歷其境一般，兩行眼淚不知不覺流了下來。

***

剛回到家的江重滿開始整理家裡，雖然平日家裡叔叔有定期整理，但是江重滿看著家裡空盪盪的，好像還欠一些什麼的，是父親與母親的身影嗎？江重滿認眞思考一會兒，江重滿覺得不對啊！父親很早就離開家了，而母親也鮮少在家，家中的每一角落，父親與母親所留下的身影似乎很少，也就是說父親與母親的身影好找也不好找。

這時外頭傳來機車聲，江重滿聽見機車聲便出門查看，沒多久機車又駛離，叔叔這時走了進來：「阿滿，剛剛外頭的機車是誰啊？是找你的嗎？」

江重滿：「問住址找人啊！」

叔叔：「是這樣子喔！那你以後打算如何？找一份工作做吧！」

江重滿：「我也是這樣的想法，先去找工作試看看。」

**江重滿騎著機車去應徵工作，沿路上盡是農田與草莓園，沒有過多的汽機車，也沒有大樓林立，「靜！這裡好安靜，我想靜一靜。」江重滿這樣想著。**

江重滿來到一間公司準備面試，江重滿兩手拉了一下白襯衫，白襯衫擋不住那壯碩的身材，兩臂的刺青卻隱約的顯露在袖口旁，讓人看了不寒而慄。公司主管拿著履歷表打量著江重滿，公司主管：「我們這個做餐廳的，是又熱又累又久站的，可以嗎？」

江重滿信心滿滿的說：「對於廚藝我有信心。」

公司主管一臉疑惑的說：「那履歷表怎麼看不見有廚師經驗呢？」

江重滿遲疑了一下：「我……，這個我的廚藝是在監獄學的。」

公司主管摸了幾下下巴：「請問一下江先生，有抽菸吃檳榔的習慣嗎？」

江重滿：「我有抽菸但是不吃檳榔。」

公司主管點了頭：「身上有刺青嗎？有的話方便看一下嗎？」

江重滿：「有刺青，但是有關係嗎？」

公司主管點了頭：「公司規定身上不能有刺青，所以江先生身上有刺青對吧！」

江重滿：「是的，有刺青。」

公司主管：「很抱歉，公司規定不能有菸癮，身上也不能夠有刺青，所以江先生這邊公司不能錄取你，很抱歉。」江重滿聽完之後停頓一下，只有默默起身離開。

江重滿騎著機車前往下一家公司面試，酷熱的豔陽照得江重滿上半身濕透，江重滿信心滿滿的前往面試。在公司的小會議室中公司人事主管正在面試江重滿，小會議室雖然小只能容納四人，但是冷氣卻超級冷，冷到讓江重滿全身發抖，人事主管：「做倉管的要開堆高機你會嗎？而且都是搬重物的，很累喔！」

江重滿：「堆高機我沒開過，我會去考試，搬東西我還可以。」人事主管：「薪水二萬八千元可以嗎？」

江重滿：「我可以接受。」

人事主管：「好，上班當天要帶良民證來。」

江重滿一臉吃驚：「良民證？」

人事主管：「沒錯，良民證！因爲我們倉管涉及到物品，甚至金錢部分也有涉及，所以公司要求要有良民證，這方面你有問題嗎？良民證去縣警局申請，只要你沒有前科紀錄，都可以來公司上班。」

江重滿難過的說：「對不起我坐過牢，我想改過，我想重來，可以給我一次機會嗎？」

人事主管：「對不起！江先生，公司規定就是這樣，我也不能更改。」

江重滿慢慢地站了起來的說：「謝謝。」人事主管點了頭看著江重滿離去。

江重滿有點沮喪的騎車回家，一路上江重滿的內心沒有太多的怨恨，江重滿也知道像他們「更生人」，要找工作本來就是一件不容易的事，畢竟坐過牢的人要在短時間內，取得外人信任是很不容易的，江重滿沒有想太多，機車催滿油加速向前。江重滿來到老街買了一些晚餐的東西，順便到機車行保養機車，江重滿來到機車店門口：「老闆麻煩一下，我要保養機車。」

機車行老闆：「年輕人把機車牽進來。」

江重滿把機車牽了進來，江重滿：「不好意思，借過一下。」

張純純正注視著她的機車前輪，張純純：「對不起。」張純純順勢走到機車後面，機車行老闆開始幫江重滿的機車換機油，張純純對著機車行老闆：「老闆這機車哪邊壞掉了？」

機車行老闆：「妳這一撞煞車壞了，大燈也不亮，東西還要拆開檢查裡面，才知道有沒有壞掉，妳不覺得煞車煞不住會跑出去嗎？」

張純純：「確實是，尤其撞到樹之後，當下我就想想沒事啊，我就趕著回去了。」

江重滿看了一下張純純的機車，目光又回到機車行老闆這邊，只見機車行老闆動作迅速，不一會兒功夫機車已經保養好了，機車行老闆：「今天保養要換機油、齒輪油，剛才都換好了，幫你看了煞車跟輪胎，下次保養的時候順便換後輪，今天總共是二百五十元。」

江重滿付完錢之後，又看了張純純一眼，便騎車離開，張純純在旁看著機車行老闆繼續修理自己的機車。

江重滿回到家後，打開電風扇自己躺在椅子上，想起剛才在機車行看見有人的機車撞了樹，結果還不知道機車已經壞了要修理，江重滿想起這事自己覺得很好笑。江重滿躺在椅子上看著牆上掛著「六梅傳薪」匾額，「六梅傳薪，六梅傳薪。」江重滿心裡想著昔日江家事業是如何輝煌，那時每日進出人物都是地方知名人士，這光景只不過在十多年前就逐漸消失了，而且是徹底消失了，究竟是發生什麼事才導致如此，由於江重滿是晚輩，所以大人的事都是大人在處理，小孩子哪懂？大人也不讓小孩懂！不過這塊「六梅傳薪」匾額也不是眞的，那時老家確實是賓客不絕，父親看到老家掛著「六梅傳薪」匾額，自己覺得也要沾沾喜氣，於是託人做了一塊，跟老家一模一樣的匾額，不知道的人還以爲這塊是眞的。

***

放學時間一到同學們蜂擁而出，似乎要把教室門口擠壞，有的同學飛奔的一路跑回家，有的同學騎著單車在馬路上奔馳著，「放學」是多麼愉快的事，公車站旁早已經有學生等候。一輛公車靠站之後沒有多久公車駛離，公車離開公車亭之後，還有一位學生在等候，這位國三男同學等車的方式很特別，他站在公車亭面對著馬路一動也不動，兩手抓著一張 A4 大小紙張放在胸口，紙張正反面寫著阿拉伯數字 5619，只要是開 5619 路公車的司機，看見這位學生都會自動停下來，這位國三同學手持導盲杖自動上車，等到這位同學要下車時，公車司機就會主動讓他下車，公車站總有一位男子等候著男同學，而這位男子離開時會對公車司機點個頭。原來男子是男同學的父親，由於男同學的視力不佳，男同學的父親擔心孩子大了，自己不在身旁孩子無法照顧自己，放學時男同學的父親，每天跟在公車後面看著孩子上車，確定無虞之後自己先到下車公車亭假裝等候，而這位男同學也很爭氣，年紀輕輕就有街頭藝人證照。

下班時間陳國輝開著公車穿梭在車陣中，陳國輝的車牌很好記 767-U5，下班時大家趕著下班，汽車、機車誰也不讓誰，而公車要在這兩者間夾縫求生存，當公車靠站時，後面的機車，就會趁縫隙超車，公車出站時汽車、機車更是不讓，好像如果被公車切進來是件丟臉的事。這趟路途已經被塞車耽誤了不少時間，加上上一趟也是因爲塞車關係，已經誤點十多分鐘，已經是超過二十分鐘了，重點是目前離終點站還有一段距離，陳國輝開著車終於到終點站，離發車時間已經遲到超過二十五分鐘，陳國輝趕緊拿出寶特瓶，躲在最後一排解放一下，接著匆匆忙忙倒在路旁的水溝。再怎麼累、塞車多嚴重，出發前一根菸好提神，有了這支菸接下來的路程，不論多難開都不是問題，片刻休息中陳國輝撥了電話：「副座啊！剛才路上大塞車，我新竹發車誤點三十分鐘。」

調度：「沒關係，今天是星期五，不是只有你塞，大家都在塞，注意安全。」

陳國輝一邊叼著菸一邊打電話：「黃耀文塞車啊！」

黃耀文：「媽的，今天怎麼這麼塞啊？我已經遲到二十分鐘了，到現在還沒到。」

陳國輝：「今天是星期五你忘了？拜託，我這麼的時間根本就到不了，誰來開都是遲到，然後今天又大塞車搞死人了，我準備來發車了。」

黃耀文：「你不是剩下末單而已，這一單跑完就收班。」

陳國輝：「是啊！剩下末單所以要保持愉快心情。」

黃耀文：「你上個月領得好不好，有看了嗎？」

陳國輝：「看了，跟上個月差二千。」

黃耀文：「我也是差二千左右，聽說內勤這個月少五百。」

陳國輝：「現在景氣越來越不好，物價一直上漲，公司一直賺沒什麼錢，要不是公司口袋夠深，可能我們都要喝西北風了，走了~發車。」陳國輝抽完菸隨即上車，車輛設定完畢之後，扣上安全帶，門一關，左轉燈一打，放掉手煞車，油門一踩，767-U5上路。

今天由於路上塞車，使得陳國輝晚了一點回家，回到家時已經超過九點半了，陳國輝一打開門只見彩芸一個人，坐在客廳椅子上，彩芸一手指著桌上的學校通知單：「你看看你的陳雲翔！學校寄來通知曠課二十節、請假十五節、警告三次、小過二次，我不知道陳雲翔在學校幹什麼？自從上了高中開始學壞，現在高三了，明年就要考大學了，到底還要不要考大學？還是我哪天要去監獄見他？國輝你說這怎麼辦？現在晚上九點多還沒回家，打了幾通電話沒人接，手機辦來不知道幹什麼用的？」

陳國輝有點不耐煩：「妳說怎麼辦？回來就揍一頓啊，還能做什麼？不受教！對孩子不好嗎？如果不珍惜的話，不要管他啊！」

彩芸：「你就只會用打的、用暴力的，以後孩子長大了就會回頭打你。」

陳國輝不服氣地說：「試試看啊！看看是誰打誰啊？」

話才剛說完這時陳雲翔回家進門，彩芸站起來指著陳雲翔：「陳雲翔你去哪裡了？這麼晚才回家，打電話也不回，學校寄通知單來是什麼意思？你在學校讀什麼書？今天給我說清楚！」

陳雲翔一句話也不說直接走進房間，陳國輝衝進房間：「媽媽問你話爲什麼不說？」

陳雲翔把書包甩在桌上：「不然是想怎樣？」

陳國輝憤怒的說：「你說什麼？再說一次！」

陳雲翔不屑的回一句：「怕你不成，你以爲打我很厲害嗎？你敢動我的話『一一三』，來啊！有本事打我一下就好了，就是那麼一下，記得『一一三～』！」陳國輝：「那你就試看看，我還怕你什麼『一一三』！」

憤怒的陳國輝準備要出拳時，這時彩芸跑了過來，一手拉住陳國輝的右手，彩芸氣憤的說：「你剛剛說那什麼話？陳雲翔不要去惹你爸，去洗澡不要惹你爸了，聽見沒有？」接著說：「國輝走了，不要跟孩子生氣，你冷靜一點，你打不過他的。」

不服氣的陳國輝走出房門，陳國輝：「我會打不過這小子？那他試試看啊！」

雲翔走了出來：「來試試啊！」

彩芸回頭說：「好了！還說？」

陳雲翔不甘願地進了房間，陳國輝坐在椅子上：「我那麼辛苦的工作，賺錢給小孩上學，結果小孩是這樣子頂嘴、學壞，沒關係大家看著辦，有一天我再也不會理這孩子！」

彩芸：「不要說氣話，孩子是你的，我知道你是愛孩子的，你不可能不理他的。」

***

張純純點燃了三炷香，奉上三杯清酒，向祖先牌位拜了三下，手中按著哥哥給的「淨心、淨口、淨身神咒」口中念著：「廖家祖先天上有靈，求各位先人保佑子孫廖明治身體健康，現在子孫廖明治不會說話，也不與人接觸，現在沒有辦法正常生活，求各位先人保佑子孫廖明治要好起來，能夠恢復正常生活。太上臺星、應變無停、驅邪縛魅、保命護身、智慧明淨、心神安寧、三魂永久、魄無喪傾、丹朱口神、吐穢除氛、舌神正倫、通命養神、羅千齒神、卻邪衛眞、喉神虎賁、氣神引津、心神丹元、令我通眞、思神煉液、道無長存、靈寶天尊、安慰身形、弟子魂魄、五臟玄冥、青龍白虎、隊仗紛紜、朱雀玄武、待衛我身。」

張純純念完之後將三炷香插在爐中，向祖先牌位膜拜了三下，靜靜在客廳開著電視看著影片《滾滾紅塵》。

在戲院裡張純純依偎在先生旁邊，看著《鐵達尼號》男女主角兩人站在船首前，男主角在後抱著女主角，女主角張開雙臂，兩人開心的一起欣賞風景，此時張純純感覺有一種說不上來的甜蜜，那「甜」有那麼的一點甜而不太甜，而「蜜」卻是很甜又有一點不甜。今天來看《鐵達尼號》的人非常多，買票排隊到不知道尾端在哪裡，張純純跟先生不知道排了多久才買到票。隨著電影劇情走到船首與船身分離，張純純開始尖叫，女主角掉進海裡奄奄一息時，張純純感覺到呼吸不過來，喉嚨好像被人掐住的感覺，張純純掙扎了一會，這時張純純醒了過來，剛才是夢也不是夢，確實兩人曾經去戲院看《鐵達尼號》，那個時間所發生的一切，是啊！是眞的。

張純純正在注視著哥哥張家錩「作法」，心想哥哥懂「法術」的人是否能讓明治好轉起來？「張家錩」，張純純的唯一哥哥，從小對於紫微斗數、易經八卦、堪輿學極有研究，並在市集街上開了一間擇日館。廖明治明年應該是高三畢業，應該是有大好前途的，準備考大學的，結果在高二學期結束就辦理休學。由於廖明治有著不說話的奇怪症狀，使得廖明治不得不放棄升學機會，身爲媽媽爲了保護孩子，只能將孩子關在家裡，張純純這次抱著滿懷希望，希望哥哥這次「作法祈福」能夠讓明治好轉起來。

只見神明桌上擺著鮮花素果、一疊紙錢、一套明治的衣服，只見張家錩左手三山印，右手劍訣口中念著：「吾奉太上老君急急如律令，天兵天將助我，助我法眼開，攝攝攝攝攝。」之後右腳蹬地一下，拿著桃木劍對著屋內走過一遍念了幾句，又一會兒對著明治的房間念了幾句，又朝著明治衣服念了幾句，張家錩口中念念有詞，一會兒燒紙錢，一會兒又在空中畫符，在一旁的張純純只能旁邊觀看，所謂「外行看熱鬧、內行看門道」。

過了三十分鐘，「作法祈福」結束了。

張純純：「哥累了吧！坐下來喝杯茶。」

只見張家錩滿頭大汗，全身衣服濕透了，張家錩與張純純說明剛才的情況，張純純：「哥，怎麼作一個法看你滿頭大汗，全身衣服濕透，難道作一個法那麼累啊？」

張家錩喝了一杯茶，順手擦了一下額頭的汗：「純純這妳就有所不知了，剛才我跟太上老君借了天兵天將，又助我開了法眼，剛才天兵天將降臨在我的身上，因爲我們現在是肉身，肉身是承受不了天上神仙，所以我們會很累很難過。」

張純純似懂非懂點了頭，張家錩又喝了一杯茶：「剛才看了一下，問題很複雜不好解決，之前你給我明治的生辰八字，我對了一下『四柱八字』，又看了『地理五訣』，最後再看了明治的照片，發覺裡面有很大的問題，包括廖家的風水、明治的名字與命格，最重要的是前世債，上輩子已經還不清了，這輩子也還不清，看對方肯不肯放過，不然下輩子還是要還的，所以這很麻煩。」

張純純緊張起來：「有什麼問題通通說出來。」

張家錩再喝一杯茶：「是這樣子的，我懷疑廖家當初在選風水的時候沒有很仔細，這會影響廖家後代子孫，而明治的名字益成取的吧？」

張純純：「益成取的。」

張家錩：「我記得益成自己想的，名字沒有看過，剛好明治的明是日月明，明就是明朝，日月看似很好，但是只有朱元璋比較好，朱元璋死後發生兵變，明朝從此狀況不好，最後鄭成功收爛尾，這樣來說是苟延殘喘；治是水邊臺，清朝施琅渡黑水溝收復鄭氏王朝，這樣是雙重效應。接下來說到命格，明治天生犯沖，沖到父母宮跟朋友宮，所以明治非常不順，加上前世明治欺負人，現在對方要來報仇，我實在很擔心明治。」

張純純：「那有什麼方法可以解決嗎？」

張家錩：「關聖帝君廟多走走，關聖帝君是伏魔大帝，去跟關聖帝君求，讓關聖帝君來幫忙處理。」

張純純：「爲了明治也必須要這樣做了，謝謝哥這樣的幫忙，謝謝。」

張家錩：「這沒有什麼，有事再找我，今天有點晚了我先走了，不用送了。」

張純純：「騎車小心一點，注意安全。」

***

「因爲江先生坐過牢，在誠信這塊我們無法錄用你，對不起，我們無法用你。」

「江先生坐過牢，公司這邊無法接受，謝謝江先生。」

「江先生你也知道會來這裡的人，大多數是一般家庭，如果媽媽或是小孩看見你的手臂有刺青，她們的內心多少會產生恐懼，江先生還要考慮嗎？」

江重滿來到臨時工的應徵處，在這裡江重滿找到臨時工，在工地綁鐵絲的，一天工錢二千五，工資現領的，之前江重滿應徵了幾家公司，結果很不順利的，只要聽到江重滿坐過牢，沒有一間公司要錄用。江重滿想到了可以去臨時工處打聽，於是自己去了一趟，很幸運的江重滿找到了工作。江重滿騎著機車回到家，後面兩臺機車跟了進來，江重滿停好機車回頭一問：「請問兩位大哥有什麼事嗎？」

兩臺機車的年輕人把車停好，其中一位身穿白襯衫年輕人向前：「大哥你好，請問是江重滿大哥嗎？」

江重滿一臉疑惑：「我就是江重滿，請問有什麼事嗎？」

穿白襯衫年輕人：「江大哥是這樣的，聽說這裡可以拿到K是嗎？」

江重滿有點生氣：「這裡沒有你們所謂的東西，你們是聽誰說的，胡說八道！」

穿白襯衫年輕人：「江大哥不要生氣，我們想要買K，剛好有人介紹這裡有貨，而且別人都說你的貨比較好，我們才過來這裡的。」

江重滿：「我這裡沒有賣這樣東西了，而且我也沒做了，已經十年了，我也沒有碰那玩意了，請你們離開這裡吧。」

身穿花襯衫年輕人：「江大哥拜託一下啦，我們知道你在裡面也有給其他人，也在兼著做啦，我們知道江大哥做人最好，大的拜託一下啦！」

江重滿：「拜託一下你們是聽哪邊的？我哪有在監獄裡做？你們是聽誰說的？這話千萬不要亂說！」

穿白襯衫年輕人：「江大哥，在裡面跟誰做，大家都有聽過，大家都知道江大哥很厲害，眞的拜託一下啦。」

這時叔叔從屋內走了出來：「請教兩位年輕人找阿滿有什麼事嗎？」

兩位年輕人連忙揮手：「沒啦！阿伯我們只是找江大哥聊天而已，只是江大哥剛出來大家來關心他而已，沒有其他的意思。」

叔叔：「我又沒有什麼意思，你們緊張什麼。」

穿白襯衫年輕人：「對啦！沒別的意思，阿伯我們先走了，有機會的話我們再來看阿伯、江大哥我們還有事，我們先走了不打擾了。」說著兩位年輕人便騎著機車快速離開了。

叔叔：「兩位不送了！」話說完叔叔兩手放在背後，一句話也沒說走進屋內，江重滿站在機車旁看著叔叔走回屋內，此時江重滿的內心充滿著掙扎，江重滿低著頭默默走回屋內。

江重滿回到屋內看見叔叔正打著行動電話，叔叔：「重滿出獄了，妳什麼時候有空回來？……好啦！好啦！……我知道，我知道妳的意思，是啦！不要說氣話啦，我知道……，叔叔都知道……好……要記得啊！……再見。」

江重滿：「叔叔你打電話給麗水？」

叔叔：「是啊！不打給麗水我要打給誰？回來多少天了，麗水都沒有跟你聯絡，甚至打一通電話給我也沒有，這樣不太好吧！」

江重滿滿臉無奈：「叔叔你打電話給麗水，你不是不知道我跟麗水不合，麗水她討厭我這個樣子。」

叔叔：「你們兩個年輕人我不管怎麼樣，雖然麗水討厭你，但是你們還是兄妹，我這個做叔叔的，很希望看見你們兄妹和好，兄妹要聯手，兄妹聯心其利斷金。每次看到『六梅傳薪』就想起我們江家以前是何等風光，多少大官來到我們江家，現在江家剩下你們了，你們再不努力的話，『六梅傳薪』遲早會被遺忘的。」

江重滿：「不會啦！叔叔，我跟麗水不會讓『六梅傳薪』丟臉的。對了，之前我不是去應徵工作嗎？剛才我找到工作了，一天二千五。」

叔叔驚訝的看著江重滿：「什麼工作一天二千五？」

江重滿：「在工地綁鐵絲的，一天二千五，是領現金的。」

叔叔：「你可以喔？在工地很辛苦，可以嗎？」

江重滿自信滿滿的說：「可以的，不會做一兩天就休息的。」

叔叔：「話不要說太滿，對了，話說一說忘了，麗水說後天晚上有空可以一起吃飯，在這裡啊！氣氛不要弄僵啦！不會說話的話，去旁邊多練習幾句。」

***

在學校一處偏僻角落，三位同學正在竊竊私語，陳雲翔：「喂！去哪邊搞來的東西？」

詹長揚：「我跟我朋友拿的，很貴的，這樣一小包三千塊。」

沈崇煥：「幹！那是什麼東西？是K嗎？」

詹長揚：「沒錯是K！」

沈崇煥：「媽的，詹長揚你眞厲害，什麼東西都能搞到手！」

詹長揚：「廢話，沈崇煥今天你才知道嗎？」

陳雲翔：「還有很多嗎？我想要試一試，看看這東西好不好玩？而且看網路有人使用之後會變成仙人一般，很爽很舒服。」

詹長揚：「拜託一下很貴的，不過……可以給你試一點看看，如果覺得不錯再來跟我拿。」

詹長揚從口袋中拿出一包用夾鏈袋包裝的，裡面只有一點點：「這算是試用包，送給你回去試試，不錯的話再來跟我拿。」

陳雲翔接過詹長揚給他的「試用包」雀躍不已，陳雲翔：「我回去之後來試試看。」

詹長揚：「這一包也給你。」

沈崇煥雙手接著詹長揚給他的「試用包」：「謝謝詹大大同學。」

陳雲翔：「對了，你們還知道班上那小子現在怎麼樣嗎？」沈崇煥：「幹！你是說誰啊？你這樣突然說起來，誰知道你在說誰啊？」

陳雲翔：「就是冰棒啊！」

沈崇煥：「你他媽的，陳雲翔你說清楚好不好！休學的那一個啊？『冰棒』！差點忘了。」

陳雲翔：「是啊！就是他，你們知道現在他在幹嘛嗎？」

詹長揚：「老師不是說他辦休學嗎？還要幹嘛？」

陳雲翔：「我聽說他們家請道士來家裡做法，好像是家裡不乾淨。」

詹長揚：「你管他家裡幹嘛！關你屁事。」

沈崇煥：「對啊！管這麼多幹什麼，走啦！要上課了，等下課再說，走了。」

今天陳雲翔很早就回到家，回到家就直奔房間，並且把門上鎖，陳雲翔迫不及待要試試同學給他的「試用包」，陳雲翔小心翼翼打開「試用包」，慢慢地倒在書桌上。

「叩」、「叩」、「叩」，「陳雲翔你在房間裡做什麼？爲什麼要把門鎖上？」彩芸這樣問道。

陳雲翔聽到敲門聲，趕緊把剛才倒在桌上的東西收拾到夾鏈袋，可是夾鏈袋的口很小，陳雲翔很緊張地裝進小袋子，彩芸再一次敲門「叩」、「叩」，「雲翔你在房間幹什嗎？做壞事嗎？怎麼不開門呢？爲什麼把門鎖起來？開門啊！」彩芸用身體撞了兩下門：「開門啊！」

由於陳雲翔太緊張了，結果有些東西沒有裝進袋子掉到地下，陳雲翔趕緊把剩下的裝進袋子，隨手放到書本裡面，用手抹了兩下桌子，用腳踩了三下，「來了！別再敲門了。」

陳雲翔走到門邊，陳雲翔打開門：「幹嘛？什麼事要敲門？」

彩芸：「沒事，看你今天這麼早回來，不先去洗澡，把房間鎖起來做什麼？神秘兮兮的，一些事情早做完，不要被你爸念了，煩死了。」

陳雲翔：「好啦，我知道。」

彩芸：「趕快去做……」彩芸話才說一半，雲翔轉頭就把門關上並鎖起來，彩芸急敲門：「陳雲翔你幹嘛？又關門啊！把門打開。」

陳雲翔開門不耐煩地說：「幹嘛？有事嗎？」

彩芸很不高興：「一定要鎖門嗎？做壞事嗎？」

陳雲翔：「沒有啦！沒有做壞事，我不想被人打擾。」

彩芸：「家裡又沒有外人不需要鎖門！」

陳雲翔回頭又把門鎖上，彩芸提高音量：「開門啦！幹嘛鎖門？」

只見門把自動打開，彩芸在門外站了一會兒之後便離開。

半夜的時候陳雲翔起了身，開了書桌上的檯燈，陳雲翔門開個縫隙，探頭見大家確定熟睡之後便鎖了門，陳雲翔從書桌上拿起一本書翻了幾下，找到藏在書中的「試用包」，陳雲翔小心翼翼的把「試用包」裡面的東西在書桌上，陳雲翔臉頰貼近桌面，用鼻子吸試用包裡的粉末，陳雲翔使力的吸，結果粉末似乎沒有什麼動靜，這時陳雲翔已經滿臉通紅，陳雲翔拿了小張紙捲了起來，捲起的小紙捲塞進其中右邊鼻孔，左手食指壓住左邊鼻孔，右手輕輕扶著捲起的小紙捲貼著粉末，果然粉末被吸了進去，不知道是改變方式終於成功，還是粉末影響了陳雲翔，這時陳雲翔興奮起來。一陣天旋地轉陳雲翔興奮的「掙扎」一會兒，陳雲翔對於這奇妙的感覺興奮不已，自己好像孫悟空一般騰雲駕霧，陳雲翔試圖用手指把桌上沾得乾乾淨淨，全部塞進鼻孔中，陳雲翔這一輩子都沒有這麼舒服過，什麼老爸老媽的嘮叨、學校考試、心情難過不愉快、不高興的事全部消失了，陳雲翔心想：「這東西還眞好玩，明天再跟詹長揚多要幾包。」

***

張純純看著牆上月曆，距離上次面試，已經第十六天了，到現在公司還未通知面試錄取，這時張純純心急了，張純純害怕沒有這份工作，家裡又要辛苦好一陣子，張純純趕緊撥了電話：

「小姐妳好，我是張純純，上次有來公司面試應徵保全，現在已經過了十五日了，可是一直沒有通知錄取消息，不曉得情況如何？」

人事小姐：「張純純妳好，關於上次面試保全一事，公司考量張小姐經驗問題，所以公司並未錄取張小姐。」

張純純：「可是……小姐，我確實是沒有經驗，可是我願意學習，小姐我真的很需要這份工作，求求妳跟公司主管說一聲好嗎？我會很努力認真的，請一定要相信我，拜託妳了。」

人事小姐：「那張小姐我幫妳問看看，看看公司這邊的意思如何，好嗎？」

張純純：「好的，拜託妳了。」

人事小姐：「那請張小姐稍等一下，我請朱副處長跟妳說明，我把電話轉過去請稍等。」

朱副處長：「妳好，我是朱清泉，張小姐有意願來『PYPY 娛樂購物城』擔任保全？」

張純純：「副處長你好，我想要來當保全。」

朱副處長：「確定嗎？商場保全不比社區保全輕鬆，真的比較辛苦喔，有確定要來嗎？我們這邊是還有缺人，如果確定的話明天就來上班可以嗎？還是後天也可以。」

張純純：「明天就可以上班。」

朱副處長：「明天九點上班，等一下電話不要掛掉，公司會跟你說明要帶哪些資料。」

張純純：「謝謝！謝謝副處長。」

今天張純純彷彿中了樂透彩頭獎一般，終於盼到了新的工作，而且明天就要上班，張純純在客廳中，高興地轉了好幾圈，張純純心想：「益成我有新的工作了，謝謝益成的保佑。」張純純打了行動電話給擇日館的哥哥：「哥，我應徵到保全工作了。」

張家錩：「很好啊！是原來的『PYPY 娛樂購物城』保全嗎？」

張純純：「是的！」

張家錩：「純純！我現在有客人，我要忙，等會再撥電話給妳。」

張純純：「好的。」電話掛掉之後，騎著機車到太和宮，張純純點了三炷香口中念念有詞，感謝三官大帝賜給廖家福氣，讓張純純順利找到工作。

黃彩芸也來到太和宮，黃彩芸點了三炷香，並且帶了一些水果，來到三官大帝面前，祈求三官大帝能夠保佑全家身體健康、國輝開車時平安、雲翔能夠做一個好孩子。黃彩芸看了旁邊的張純純滿臉笑容問了她：「小姐妳的臉上滿是笑容，是不是中了樂透頭獎？」

張純純笑了一下：「不是我中頭獎，而是我找到了新工作，而且待遇還不錯，有四萬四喔！」

黃彩芸驚訝的說：「恭喜妳啊，那可眞是不錯啊！現在這年頭要有四萬多的薪水眞不好找，請問一下那是什麼工作呢？」

張純純：「沒有啦，就是保全的工作，第一次做保全有點緊張，不知道自己是否能夠適應？」

黃彩芸：「喔！保全，女孩子做保全不簡單喔，而且還是四萬多的薪水，我看很多保全薪水才三萬多而已，妳的工作地點在哪兒？」

張純純：「在市區新的商場『PYPY 娛樂購物城』，明天就上班了。」

黃彩芸：「這裡離市區有些遠，妳要怎麼去呢？」

張純純：「我騎機車到關西站，然後搭 5619，5619 有經過，就在我們購物城前下車就可以，很方便。」

黃彩芸：「很不錯啊！交通又方便，那工作時間長嗎？我看保全都是十二小時，你們也一樣嗎？」

張純純：「工作時間是十二小時，但是四萬四的薪水，至少比我以前在餐廳端菜、洗碗的好多了，以前啊！最多只有三萬四而已，公司說大月休七天，小月休六天，年終要看業績，這樣就很不錯了，有時我還幫人家打掃家裡賺個一些外快。」

黃彩芸：「哇！這樣妳的人生過得很充實喔。」

張純純：「什麼充實？簡直累死人了，前幾天太累了，騎車騎到去撞路樹了，還好那次沒事。」

黃彩芸：「那眞的是很累，妳騎車要小心一點。」

張純純：「對了，光聊天忘記請教大名，我叫張純純，純潔的純。」

黃彩芸：「我叫彩芸，彩虹的彩，草字頭的芸，黃彩芸，今天很高興認識妳。」

張純純：「我想抽支籤，彩芸姐妳想要抽支籤嗎？」

黃彩芸：「我對抽籤沒有太大興趣，如果妳想抽支籤的話試試看吧！」

張純純：「那我就抽支籤看看。」張純純連續擲出三次聖杯，接著抽出一支籤來，那籤是這樣寫著：「陰陽兩分愛難言，牛郎織女不相見，驚滔駭浪九方死，解鈴繫鈴待機緣。」張純純看了前面兩句，心中停頓了一下，黃彩芸看了一下：「最後兩句好像似懂非懂的。」

張純純故作鎮定：「沒關係，籤本來就是這個樣子，讓人看不懂，我出來了很久我要趕快回去了，彩芸姐有空再聊，我要回去了，要一起走嗎？」

黃彩芸：「好啊！也差不多時間了，我們一起回去吧！」

***

張純純一邊騎著機車，臉上止不住的淚水，心裡則是激動難安，張純純內心呼喊著：「益成你在天上嗎？我好想你喔！為什麼你要離開我？為什麼？讓我自己一個人好孤單喔！」

在江重滿家中的餐桌上擺了四樣菜，叔叔正端著一盤菜從廚房走出來，而江重滿則在廚房料理著「糖醋魚」，「糖醋魚」是麗水最喜歡的一道菜，江重滿專心得控制火候，叔叔走了進來：「麗水應該也快來了，廚房這邊就給你了，我去外面抽支菸順便等麗水。」

江重滿身穿短袖的襯衫，右手臂使用鍋鏟翻魚時，臂膀上的刺青若影若現，加上江重滿有力的臂膀襯托之下，就像一幅流動的圖案。江重滿一邊煎魚一邊看著叔叔：「剩下我把這魚煎好再把湯端出去就好，叔叔你就先休息一下，去外面抽支菸吧！不一定麗水就來了。」

叔叔慢慢地走到屋外點起一根菸坐在板凳上，菸抽了幾口而已然後靜靜地坐著望著路旁，偶爾有一兩輛的機車經過，竹林上的飛鳥則在這鄉間路上發出一些聲音，一輛機車緩緩騎了進來，叔叔看見了機車進來驚醒了一下，麗水把機車停好脫下安全帽，叔叔：「是麗水啊！一段時間沒看見人，整個變漂亮喔。」

麗水：「叔叔！你說的眞好，我確實變漂亮，而且我又變年輕許多。」

叔叔：「妳現在做義交還習慣嗎？」

麗水：「習慣啊，習慣吸廢氣。」

叔叔：「是啊，站在馬路上都要吸廢氣，口罩有沒有戴好？」

麗水：「放心，口罩加太陽眼鏡包緊緊的，太陽曬不到我的臉，所以我依然年輕美麗。」

叔叔右手揮一揮：「說不過妳，飯菜準備好了，進去吧！」

麗水高興地走在叔叔後面，兩手按了叔叔肩膀幾下，兩人高興地走進屋內。

兩人進入屋內就看見飯桌上熱騰騰的飯菜，叔叔：「麗水來這裡坐，好久沒回來了。」

只見麗水的臉色變了：「是啊！好久沒回來了，十年吧？還是十幾年？」

站在桌前的江重滿一臉尷尬：「好久～不見，妹～妹～麗水。」

麗水慢慢地提高音量：「是啊！好久不見所以不認識妹妹了。」

江重滿：「麗水請坐，我們兄妹好～久沒見～面了……想說準備妳喜歡吃的……」

麗水：「是的，我想今晚的這些菜是你準備的吧！」

江重滿：「是的，特別煮些妳喜歡吃的。」

麗水：「是啊！這些都是妹妹喜歡吃的，妹妹從來就沒聽過哥去當廚師學做菜，只有聽過打架、販毒，跟幫派混在一起，就不知道這廚藝是從哪裡學來的？」

江重滿右手在大腿上緊握著拳頭聲音低沉：「廚藝是在監獄學的，對不起麗水，我錯……錯了，不該學壞的。」

麗水：「是啊！還眞敢說呢！當初文欽要來抓你的時候，是我跪著求他拜託他，你也知道他也是千萬個不願意，爲了這件事文欽延誤抓你，結果被局裡記了兩支小過，差一點就被調職。」

原本右手緊握著拳頭，這時候江重滿右手漸漸鬆開放在大腿上，此時江重滿沒有說任何一句話，只是低著頭看著桌上的飯菜，飯桌上三人沉靜了幾分鐘，叔叔開口了：「阿滿、麗水，你們兩個人要來之前，我就特別說過大家要練習說話，不要見了面都不會說話了，結果現在搞成這個樣子，一個伶牙俐齒，另一個說話結結巴巴，拜託一下吧！兄妹啊，只有兩個人啊，可以搞成這樣子，我這叔叔的也認了。」

江重滿：「叔叔，我想……」

叔叔：「阿滿你想什麼？你想要離開這裡對吧！」

江重滿：「我眞的沒有臉，沒有臉面對叔叔跟麗水。」

叔叔：「人生還是要過下去，阿滿你在這裡大家認識都可以幫你，自己去了外面有誰能夠幫助你呢？至少我跟麗水還能看著你。」

這時麗水低著頭變得沉默不語。

叔叔：「人難免會犯錯，『知恥近乎勇』要做也不容易，阿滿這次有改過的意思，麗水給阿滿一個機會吧，不然誰還能幫妳哥？」

麗水突然激動的說：「不是當初大家都給哥機會嗎？有誰沒有幫過他呢？那現在我還要給他機會嗎？是嗎？叔叔？」

叔叔：「麗水，叔叔知道，叔叔知道妳受了委屈，這次聽叔叔的好嗎？如果阿滿這次再不改過的話，叔叔絕對不說一句話。」

這時麗水臉上滿是淚水：「那一天那一夜就在大門口，我永遠不會忘記，我跪在地上哭著拉住文欽的腳，我給他磕頭，我求他不要抓我哥，文欽說他也不願意，但是這是命令。可是哥他有回頭看我一眼嗎？他有停下來思考一下嗎？沒有～那時哥心有多狠就有多狠，狠到我幾乎不認識他了，那時候家裡沒人了，爸被警察通緝跑到印尼，而媽每天都不在家，最後才知道爲了賭博，幾乎賣掉所有家產。當時我一個人怕死了，我躲在被子裡哭著，我自己一個人不敢住在家裡，後來我鼓起勇氣去找文欽，求文欽幫我。」麗水說到這裡自己一人起身離了飯桌。

叔叔雙眼瞪著江重滿，似乎看穿江重滿的內心，而江重滿也察覺到，叔叔那一雙如鷹一般銳利的雙眼，正狠狠注視著他。

過了沒有多久麗水走了回來，麗水好像沒有發生過任何事一般，麗水笑著說：「叔叔、哥吃飯啊！菜不要讓它涼了，今天我要來嘗嘗哥親手做的菜，慶祝哥重生，慶祝哥要當個新生，哥你要加油啊！妹妹一定支持你的，糖醋魚是我的最愛，我要先吃糖醋魚喔。」兩人看著麗水態度的轉變內心顫抖了一下，雖然麗水的態度改變，但是不變的是麗水的臉上有著痛哭過的痕跡。

***

一輛 5620 公車行駛中，這時有人按了下車鈴，只見一位老人家起身準備要下車，司機：「老先生你先坐好，現在車子在動，萬一跌倒就不好了，到站了我會叫你的。」

老先生：「我怕動作比較慢會耽誤到司機休息時間。」

司機：「不會啦！耽誤到一點時間沒有什麼關係，你們的安全才是最重要的。」

老先生看了名牌：「劉晉誠先生你做人眞好，前兩天我搭 5619，車子還沒有停好司機就一直趕我們下車，我差一點就要跌倒，我說我今年七十歲了，司機你也等我一下，你知道那個司機說什麼：『石頭還不快一點！』我看了司機名字叫陳國輝啊！」

司機劉晉誠：「抱歉啦！有的同事比較急性一點，跟你說聲對不起，火車站到了，老先生這裡下車喔，慢慢走就好，下車時看一下後面機車。」

老先生：「謝謝啦！劉先生。」

司機劉晉誠從後照鏡看了一下沒人上下車，於是把車門關起來，車輛一起步，有人從座椅上下來，一位年輕人急忙喊著：「司機我要下車！」

司機劉晉誠看了後照鏡：「不好意思車子起步了，請到下一站下車。」

年輕人：「我趕火車麻煩一下。」

司機劉晉誠：「剛才在火車站你爲什麼不下車呢？」

年輕人：「我沒聽見啊！麻煩開門。」

只見年輕人耳朵掛著耳機，司機只好將車輛開到前面讓年輕人下車，年輕人下車後對著司機劉晉誠說：「你的服務態度這麼差我要投訴你。」司機劉晉誠則一語不發的開車離去。

劉晉誠打了一通電話：「國輝兄啊！你好。」

陳國輝：「晉誠兄你好，好久沒連線啊。」

劉晉誠：「是啊！都跟布袋戲連線，今天開19嗎？最近還好嗎？兒子有正常上學嗎？」

陳國輝：「今天開19，雲翔亂七八糟的，前幾天差點跟他打架，學校寄單子來，曠課、請假、記過一大堆，在學校不知道上些什麼課？」

劉晉誠：「小孩子都是這樣子。」

陳國輝：「高三了，要考大學了，還這個樣子。」

劉晉誠：「怎麼辦呢？現在年輕人都不會想，都不會考慮以後該怎麼走！」

陳國輝：「沒事就拿『一、一、三』威脅我。」

劉晉誠：「你可不能動手打孩子，你打孩子會被抓的，警察可以抓你的。」

陳國輝：「麻煩啊！」

劉晉誠：「剛才我在火車站遇到一位老先生，那個老先生要投訴你，說你嫌他動作慢，還罵他石頭。」

陳國輝：「我知道老先生，你知道他怎樣嗎？他說他要到火車站，我說你等一下，火車站有很多人要下車，結果他每一站都按鈴，搞得我亂七八糟，到火車站他又不下車，旁邊的乘客跟他說火車站到了，他才慢慢起來下車，我是有罵他石頭。」

劉晉誠：「開公車要有耐心啊！我們載的都是一些老人家、小孩、婦人，最後才是學生，要有點耐心，平時要開慢一點，大家開車已經好幾年了，不要像阿富一樣開車急性子，不然遲早都會被公司趕走的。」陳國輝則默默無語，劉晉誠：「沒關係啦！個性就慢慢改，有些事情就說出來，大家來幫忙想辦法。」

這時劉晉誠：「林春生上線，上面有陳國輝。」

林春生：「國輝兄，晉誠兄大家好。」

劉晉誠：「原來是林春生啊，我們的林大俠，林大俠今天要傳授什麼武功招式啊？」

林春生：「沒啦！沒什麼招式，只是偶而做做發財夢而已，我是想說每天這樣開公車很辛苦，早上四、五點就要起床，回到公司八、九點，每天都過這樣的生活，賺錢眞的很辛苦，如果能夠中樂透的話不知道會怎樣？」

劉晉誠：「林大俠那你每次都有投資嗎？」

林春生：「投資都不中，連一百元基本款都很難中，每次都跟我講『歡迎光臨，祝你下次中頭獎。』」

劉晉誠：「那表示你投資不夠，再加碼。」

陳國輝：「如果能不開車我也不想開，爲了生活就要開車，林大俠等一下收班要不要去吃個飯，反正我明天休假你也休假，晉誠要不要收班後一起來。」

林春生：「太晚了，回到家都十點了。」

劉晉誠：「明天我還要早起，不能太晚回家，改天大家一起排休，大家一起大吃一下。」

陳國輝：「好啊！下個月排休就找一天一起休。」

林春生：「這樣可以大家一起排休，出來吃也比較有話題可以聊。」

陳國輝收班之後回到家裡，只見雲翔房間門是關上的，便走了過去，右手輕輕轉了一下門把，發現房間門是鎖的，陳國輝靜靜地站在門外一會兒，房間裡面有一點聲音，陳國輝敲了幾下門，陳國輝：「雲翔你在裡面幹嘛？爲什麼把門鎖起來？」陳國輝連續敲了幾下門，而房間門依然沒有打開，陳國輝氣得急了起來：「雲翔你在裡面幹嘛？快開門啊！幹嘛鎖門？」

陳國輝的手一直旋轉門把，過了幾分鐘房間門終於打開了，陳國輝大叫：「陳雲翔你在裡面做什麼？爲什麼不開門？」只見雲翔開門走了出來，好像若無其事。

陳國輝：「你在裡面做什麼？」

雲翔自己走到客廳坐了下來，陳國輝走到雲翔面前：「我在叫你沒聽見啊？」

雲翔坐在沙發上看著陳國輝：「叫魂喔？關你什麼事？每天這樣叫神經病喔？你要不要去看醫生？」

陳國輝聽到這些話憤怒不已，一拳往雲翔的臉上打了過去，雲翔被打了一拳，右手摸了一下被打的臉：「呦！終於打我了，那我可以打『一、二、三』喔！多打幾下啊！」陳國輝連續好幾拳打在雲翔身上，雲翔也不客氣回了好幾拳，兩人就在客廳打了起來，陳國輝一拳又一拳重重的打在雲翔身上，雲翔年輕人也是有力量的，一拳又一拳打在陳國輝身上，雲翔趁著陳國輝動作比較慢跑了出去，此時陳國輝已經氣喘如牛：「有種你就不要回來，給我滾得遠遠的。」

陳國輝坐在沙發上喘氣，手拿遙控器看著電視節目，這時候門鈴響起，外面有人敲門：「有人在嗎？」

陳國輝起身開門，大門一開只見兩名警察站在門口，其中一名警察開口：「是陳先生嗎？剛剛有人報案，說這裡發生家暴，我們過來看一下。」

陳國輝：「我就是。」

警察看了屋內陳設：「陳先生我們方便進去嗎？」

陳國輝：「可以。」

警察：「陳先生是這樣的，剛才有人報案，我們來關心一下。」

陳國輝：「我剛才跟兒子打了一架。」

警察：「怎麼發生衝突呢？」

陳國輝：「因爲兒子不聽話，所以才動手打他。」

警察：「陳先生現在管教孩子不能用打了，由於法令的保護，如果你動手，孩子是可以告你的，這樣的衝突不斷的上演，很多都是家庭管教方式出了問題。」

陳國輝：「就是因爲氣不過，講了很多次，也罵了很多次，孩子就是不聽話。」

警察：「沒辦法，以前的打罵教育現在不能用了，連老師在學校也是一樣的，所以陳先生這方面，還要跟孩子多溝通。」

這時彩芸從外面回來，彩芸看見屋內有警察嚇了一跳：「發生什麼事？」

另外一位警察：「妳好，剛才有人報案家暴，所以我們來看一下。」

陳國輝：「她是我太太。」

彩芸：「國輝你打了雲翔？」陳國輝點了頭，彩芸：「不是叫你不要打他嗎？你又打他……」

警察：「沒關係，我們來看一下，孩子在樓下我們有一位同仁在看著，沒有事情的話我們先離開了。」

陳國輝：「謝謝不好意思，打擾了。」

這時候雲翔由另外一名警察送回來，陳國輝雙眼看著雲翔，雲翔則不發一語直接走進房裡。

***

一早張純純準備搭乘 5619 公車，在公車亭張純純心裡有緊張，今天是張純純在「PYPY 娛樂購物城」上班的第一天，不知道今天會是什麼樣的情形，而「PYPY 娛樂購物城」再過八天就要開幕了，像這種新商場開幕期間，都會湧入大量人潮。

5619 公車來了，張純純跟著依序上車，張純純抬頭一看，是日前爭執過的司機「陳國輝」，張純純刷了卡直接走到最後一排，陳國輝則是看了張純純一眼。張純純坐在窗邊欣賞著沿路風景，過了一段時間公車開始進入市區，一路上車水馬龍公車走走停停，好不容易張純純下了車，張純純抬頭一看氣勢還不錯的「PYPY 娛樂購物城」，現在正在清洗外牆，看著三名「蜘蛛人」以吊掛方式，在大樓上方清洗整棟大樓，許多最後清掃工作正在進行。

張純純越過重重障礙，終於來到休息室，張純純報到之後，在旁邊角落找了一個位置坐了下來，只見講臺上朱清泉副處長正在準備等一下上課的資料，而張純純看了一下四周，來報到的人有男有女有老有年輕的，看起來約有十多位，看樣子這陣仗還眞不小。

朱清泉副處長：「各位保全先進大家好，我是中勇保全朱清泉副處長，有很多人已經認識我了，今天公司安排三天教育訓練，讓新進同仁能先熟悉環境，希望這三天的訓練，都能夠讓大家有實質上的幫助，課程結束之後，業主要求我們人員要先就位，所以課程結束後，我們要在館內開始執行各項哨點勤務，日班就上日班的哨，夜班就按時間報到，這個時間離試營運還有五天，在這五天當中我們盡可能，將大家調整到適當位置，並且在工作時數與休假安排上讓大家都能接受，最近會有人力不足問題，所以休假時間可能不是很固定，還請大家多多配合。

商場保全基本上分爲內哨及外哨，內哨也就是所謂的西裝哨，內哨及外哨的工作分得很清楚，不會有外哨叫你去做內哨工作。今天報到含夜班總人數爲二十一人，後續還會有人報到，第一天上半天室內課介紹『PYPY 娛樂購物城』周遭環境，下午開始到第二天整天結束都是室外課，我們會帶著大家走整個設施，從地下室到R樓，從前場到後場，第三天上午回到室內，重複『PYPY 娛樂購物城』四周環境，第三天下午介紹裝備及發放裝備，等一下開始我們會讓大家熟悉『PYPY 娛樂購物城』的四周環境。

『PYPY 娛樂購物城』是個地上八層、地下二層的建築物，一到五樓為商場，六樓、七樓及R樓為汽車停車場，地下一樓機車停車場，地下二樓汽車停車場……」

張純純很認眞的在聽著臺上的解說，有些不明白的地方勤作筆記。正當眾人專心聆聽之際，一個打呼聲突然響起，原來是張純純旁邊的男學員正在打瞌睡，朱副處看了一下：「旁邊的人把他搖醒，大巨蛋的劉水昆不要才開始就打瞌睡好嗎？大巨蛋的黃文麟叫他一下。」

黃文麟低聲地說：「劉水昆不要睡了。」

劉水昆突然醒了過來，大多數的學員莞爾一笑，劉水昆害臊得不敢抬頭。

朱副處：「我們繼續啊！目前在現場的主管鄭文國襄理會帶著我們，下午我們會進入現場走幾圈，讓大家熟悉環境，早上在室內介紹環境，下午我們進入設施實際走一趟，現在整個場域正在做最後收尾，請各位同仁務必要非常小心，安全帽及反光背心一定要穿上，反光背心背後都有姓名請不要拿錯。現在休息十五分鐘，要抽菸的請到外面抽菸，等一下準時進休息室。」

現場的學員有幾個團體在一起聊天，人數大多為三到四人，也有幾位學員獨自坐在座位上，一位女學員走到張純純旁邊：「妳好，請妳吃巧克力，我叫劉瑞琪。」

劉瑞琪隨即遞上幾顆巧克力，張純純望著劉瑞琪說道：「謝謝，劉瑞琪，我叫張純純。」

劉瑞琪坐在張純純旁邊：「妳以前做什麼？有做過保全嗎？」

張純純：「我以前沒做過保全，我以前只是在餐廳端菜、洗碗。」

劉瑞琪：「那妳爲什麼來做保全呢？」

張純純：「我在網站看到薪水有四萬二，至少比我以前工作的薪水還高，以前的薪水三萬四而已，扣掉勞健保只剩三萬多一點，所以我就過來應徵了。」

劉瑞琪：「一般保全的薪水沒有這麼高，大部分在三萬四左右，我也是看到有四萬二，所以想來看看，起碼這是新的商場，看看這裡有什麼不一樣的地方。」

張純純：「剛才上課說這是商場保全，商場保全比社區大樓保全辛苦，比較不能休息，特別是人、事、物會很複雜。」

劉瑞琪：「是啊！商場保全事情比較多，所以薪水開的會比較高一點。」

這時朱副處招呼著：「時間差不多了，大家準備回來上課了。」

劉瑞琪：「我要回去了，有機會再聊。」

張純純：「好的，有空再聊。」大家紛紛回到座位上準備上課。

下午的課程開始，朱副處：「現在發下去安全帽及反光背心，等一下我們要去現場看看，熟悉一下環境，現在叫名字，叫到的請到前面來拿裝備，趙傳家、郝輝煌、陳恩典三位先到前面來跟小姐拿裝備，劉水昆、郭婉君、張純純叫到的名字接上，穿好之後到外面集合。」

趙傳家、郝輝煌、陳恩典三人穿戴好裝備便往門口走去，陳恩典看見一件反光背心名字寫著「張純純」，陳恩典開玩笑的說：「張純純~張蠢蠢~，請問一下這有什麼不同？」

萬立輔處長：「陳恩典不要用你那馬來西亞口音笑人家。」

張純純眼睛瞪得大大的看著陳恩典，陳恩典：「沒有笑妳，只是好笑。」說完快跑離開。

帶隊的是萬立輔處長及鄭文國襄理，鄭文國襄理：「大家要注意腳下的東西，走路的時候要小心，現在準備收尾，七天後就要營運了，裡面到處都在趕工，大家千萬要小心，隊伍成兩列跟著我走。」隊伍走到大門口，鄭文國襄理：「這裡就是我們說的『迎賓門』，就是所謂的大門，面對的是中華路，我們有二處交管在民權路二十四巷，分別爲北車道及南車道，北車道負責六、七及R樓汽車出入，南車道負責1F貨車出入、B1機車出入及B2汽車出入，現在從大門進入之後左邊這是N1手扶梯……」就這樣二十一位新進保全在萬立輔處長、鄭文國襄理及朱清泉副處長帶領下穿梭在工地中，熟悉「PYPY娛樂購物城」設施環境。

鄭文國襄理帶著大家走到理貨區，鄭文國襄理：「我們哨點分內哨跟外哨，內哨包括：中控、樓巡、換證及理貨；外哨分爲停管、交管、車塔、機巡還有機動哨。我們現在站的位置是理貨區，負責施工車輛及貨車下貨地方，大家的位置會依照個人意願與特性來安排，到這裡大家明白嗎？之前我已經安排蔣靜美去中控室，還有人想去中控室嗎？或是有人想要當幹部嗎？有人想挑戰一下嗎？」

萬立輔處長看了一下大家都沒意見，萬立輔處長：「中控室大家比較陌生，我們的中控室前方有十五面六十吋大螢幕，一面螢幕分割十六個畫面，總共影像二百四十個分割畫面，還有二百四十個未開畫面，中控室要隨時注意螢幕發生的情況，有事情發生要迅速回報 OPC，還要將訊息傳至重要群組，各群組回報事情要立刻處理跟 OPC，大家如果有問題私下跟我說，現在我們往南車道去，大家要小心腳下東西。」

***

在一處工地中江重滿正頂著烈日蹲在地上綁鐵絲，在大太陽底下工作眞是辛苦，身體一處只要沒被衣服遮蓋住，就會被烈日曬得像木炭一般的黑。

時間到了中午，有一個像似帶頭的人突然喊起：「休息了，吃飯了。」這時大家紛紛放下手邊工作到一旁領便當，江重滿跟著其他人一樣領了便當，找到一處陰涼之地吃起便當，正當江重滿正吃著便當時，旁邊來了一位不速之客，一位中年人遞了一瓶飲料在江重滿面前：「老大，你好！」

江重滿看了一下：「有什麼事嗎？怎麼請我喝涼的？」

中年人：「沒啦！只是想請教你一些問題。」

江重滿：「有什麼問題？」

中年人：「沒有啦！只是聽說你有在賣，所以特別請教一下。」

江重滿：「賣什麼？我沒有賣什麼東西喔，請你把話說清楚一點喔，這事很嚴重喔！」

中年人：「有啦！你有在賣啦，看你的臉就知道有在賣啦！」

江重滿：「是賣什麼東西？」

中年人：「K、安啊！一定要說得這麼明嗎？」

江重滿：「你是說安非他命那些毒品嗎？」

中年人點頭：「是啊！」

江重滿吃完整個便當：「沒啦！我沒有那些東西，不要來煩我。」

中年人：「拜託啦！大家都知道的事情，老大你也幫忙一下。」

江重滿拿起飲料：「拿回去，我說沒有就沒有，謝謝你的飲料，我不能收你的飲料，拿回去吧！」中年人覺得話不投機摸摸鼻子離開了，江重滿喊了一聲：「喂！你的飲料順便啊！」江重滿看著中年人離去自語：「無聊！」順手打開飲料一口氣喝完，江重滿喝完飲料隻手捏爛鋁罐，江重滿將鋁罐奮力一丟，順口罵了一聲：「幹！」

下了班的江重滿趁著夜色尚未到來，騎著機車加足油門一路飛奔，機車騎至頭前溪橋時剛好一列北上的自強號經過，這時江重滿突然想起小時候父親曾經說過，在民國七十年三月八日這一天，這裡發生一件重大車禍，一輛北上的火車被闖越平交道的大貨車撞到，許多節的火車車廂從橋上掉落至頭前溪上，這次意外造成三十一人死亡，其中包含江重滿的奶奶，江重滿的奶奶才從新竹上車，要去臺北辦事情，結果在途中發生不幸事情。

江重滿回到家中看見椅子便躺了下來，今天的工作還眞累死人，拿出手機看了一下，有兩通未接電話，還有幾則簡訊，江重滿將手機及菸盒丟在桌上，眼睛一閉開始睡起覺來了，眼睛一闔時間不知道過了多久手機響起了，順手接了電話，江重滿兩眼閉著：「請問找誰？」

電話中傳來熟悉的聲音：「阿滿是我，劉浩星，打兩通電話給你都沒接，是不想接我電話啊？」

江重滿隨即起身：「沒有啦！我不是不接老大的電話，因爲你打給我的時候我在騎車，一時間我沒有聽見電話在響，而且你這是陌生電話，老大你是不是換手機號碼啊？」

劉浩星：「你他媽的，我的電話號碼根本沒換過，是不是你沒記我的電話，幹！阿滿你說話不要給我隨便啊！」

江重滿：「劉大我哪敢啊！你的身材這麼壯碩，簡直比電影裡的浩克還高還壯，我如果被你抓到的話不就被揉死了，不過劉大找我什麼事啊？」

劉浩星：「幹！還有什麼事，你那邊還有沒有貨，我的朋友有需要想要跟你拿貨。」

江重滿：「劉大你也知道我早就沒幹了，這時候我怎麼可能有貨呢，而且這東西我也早就沒碰了，劉大還是找別人吧！」

劉浩星：「你老師的，阿滿！叫你拿就趕快拿出來，不要給我拖拖拉拉的，不要給我任何理由，我不想聽見屁話，如果你拿不出來的話，我不會客氣的。還有聽說你現在出來之後漂白了，認眞做人啊！現在在工地綁鐵啊！要不要我買涼的去工地探望你啊？」

江重滿委屈的說：「劉大我眞的沒碰了，也不想碰了，我只想過平凡的日子……」

話還沒說完劉浩星：「幹！阿滿你再說一次試看看，你看我敢不敢動你！」

江重滿：「劉大這事情我想辦法處理，不過這是最後一次了，以後不要找我了，拜託！」

劉浩星：「好啦！最後一次啊！這次給我弄好啊，不要給我搞砸了，以後再也不找你可以嗎？」

江重滿拿起桌上的香菸點了一根：「就這一次，只幫這一次。」

***

學校的某一處角落，詹長揚：「上次給你們的試用包好用嗎？回去有沒有用？」

陳雲翔：「有啊！我回去就用了，差一點就被發現了，還好我動作迅速收得快沒有被發現。」

沈崇煥：「我有用，聞了之後還眞是爽啊！你那是什麼玩意？你說那是K啊？」

詹長揚：「是的，就是K，正確。上次沒跟你們說，你們知道如何使用嗎？」

沈崇煥：「還好我在網路上有看過怎麼吸！不就拿一張小張的鋁箔紙，把這些粉放在裡面，下面用火烤一烤，然後用鼻子吸，而且最好用一個鼻孔吸比較有感。」

陳雲翔：「火烤？」

沈崇煥：「是啊！一定要火烤，那個粉末才會變小，我們要聞那個味道，很臭的塑膠味。」

陳雲翔：「我沒有用火烤，我是直接吸進鼻子裡，難怪鼻子很嗆很痛，可是我這樣也有感覺啊！」

詹長揚比了一個中指：「幹！你那哪是有感？根本是自我感覺良好，陳雲翔跟沈崇煥多多學習，人家眞的一看就會，不要什麼事都不會，上次叫你上了那個女生不敢？連喝個啤酒壯膽都不行，才一罐就喝不下去？頭暈？你看那女生被我們搞的爽歪歪的，連叫都不敢叫。」

陳雲翔：「拜託那是未成年的女生，我會怕的。」

詹長揚：「有什麼好怕的，我們也是未成年啊！如果眞被告了，到了法院也是沒事的，因爲我們去的是少年法庭，法官都會『從輕發落』。」

陳雲翔：「好啦！下次我會努力的。」

詹長揚：「這次再給你們一次『試用包』，如果覺得好用記得來買啊，一包一千大張。」

陳雲翔：「拜託，一包一千元，我哪有這麼多的錢？」

沈崇煥：「是啊！一包一千元，錢從哪裡來？」

詹長揚：「拜託，這麼好的東西，你們不會想要嗎？而且你們也可以幫忙賣啊！賺到的是你們的啊！我想錢不夠也可以跟爸媽拿啊，畢竟我們只是學生而已，我們沒有謀生能力，也需要一些錢過生活啊，你們說對吧？」

陳雲翔：「好啦！就這樣看看吧。」

***

「幹！上次去買便當才一下子而已就被客訴，說我去十幾分鐘，眞他媽的，你要吃飯司機就不用吃飯嗎？什麼邏輯！」洪景樺生氣的說。

陳國輝：「就衰小啊！不然怎麼辦？遇到正義魔人，也是鼻子摸著，看開點不要生氣，生氣會變老的。」

林春生：「再這樣下去公司也不用玩了，以後司機都不來開公車了，到時候沒車可坐看要怎麼辦？我上次開慢一點到站就被客訴，上班時間大家趕著上班，路上車一定多的嘛，才慢幾分鐘就在車上罵我害他上班遲到，自己不提早坐車，還在車上一直罵我，我看他罵我的時間，不如拿來趕快上班比較好。」

洪景樺：「搭個車好像大爺一般，車錢都是政府出的，什麼八公里、十公里免費，都是拿政府的錢，換句話說就是拿納稅人的錢補搭公車的人，對於沒搭公車的人來說，豈不是不公平嗎？坐車免費就要感謝了，下車司機不會要求你要說感謝的話，但是你點個頭或是說『謝謝』，司機都會非常感謝。」

上車乘客拿了一包水果跟一瓶「純濃燕麥」給陳國輝，陳國輝：「謝謝啦！不好意思又拿妳的東西。」

老太太：「不會啦！出門前我就準備我的東西，順便幫你們也準備。」

陳國輝：「每次拿妳的東西，大家都不好意思。」

老太太：「你們就吃看看啦，老人家的東西不要棄嫌啦。」

林春生：「這是誰這麼好心！還會送東西給司機？」

洪景樺：「那個是 5619 的固定乘客，沈阿姨已經七十多歲快八十歲了，你聽她的聲音還很宏亮，而且很有精神，開 5619 的都會遇到這位沈阿姨，沈阿姨把我們司機看成是她的孩子，你沒聽說過她最難過，就是她疼愛的大兒子過世，所以她把司機看成是她的孩子，她知道司機三餐不正常，所以她上車一定會帶水果或是一些養身東西給司機。」

林春生：「是這樣喔！我有聽過開 19 的人有遇到一位老太太，上車都會拿東西給司機。」

陳國輝對著藍芽：「幹嘛！忌妒嗎？」

洪景樺：「沒有忌妒，只是看到她大家都很開心，每次拿她的東西眞的不好意思。今天中午新聞有沒有看？上次陳火旺的事情說司機本身就有高血壓問題，可能沒辦法判定過勞死，家屬不願意妥協。」

陳國輝：「之前還來我們站上抗議！後來又去縣政府抗議，那有什麼辦法？年紀大了什麼毛病都會出來，他要這樣判家屬一定不爽啊。」

林春生：「好好一個人就這樣走了，實在很可惜。」

陳國輝：「『PYPY 娛樂購物城』快要開幕了，離開幕剩下三天了，這裡又會大塞車了，到時候火車站附近又苦了。」

林春生：「塞車沒關係，菸給它點下去什麼都不怕。」

陳國輝：「沒錯！發車前一根菸，快樂似神仙。」

洪景樺大聲喊起：「沒錯，香菸萬歲！」

陳國輝：「你娘的車上是沒有人嗎？」

洪景樺大聲說：「沒錯，車上沒人只有我。」接著洪景樺開始唱起歌來：「心事若無沒講出來，有誰人會知，有時撩想要訴出，滿腹的悲哀，踏入迫迌界，是阮不應該，如今想反悔，誰人肯諒解……（註一）」

***

## D-2

距離「PYPY 娛樂購物城」開幕還剩下不到二天時間，需要的東西不斷的進來，萬處長正在巡視各哨點人員配置狀況，萬處長走到換證哨，郝輝煌正注視著天花板，萬處長：「郝輝煌你在看什麼？這麼專心看著天花板，莫非天花板寫了什麼字？」

郝輝煌：「處長沒有，只是覺得換證很無聊，我的感覺不太適合，我想去交管看看。」

萬處長：「換證很無聊？那交管很累喔！要曬太陽要雨淋的風吹日曬，郝輝煌可以啊，趁這幾天大家可以試試看。」

在休息室鄭襄理：「陳恩典、劉瑞琪、李育騰你們三人現在沒事，從一到五樓後場走一遍，記得要拍照回傳。」

鄭襄理：「洪瑞陽！去把趙傳家換下來，十二點我再叫人換你下來。」

洪瑞陽：「鄭襄！趙傳家是在車塔嗎？」

鄭襄理：「對！趙傳家在車塔，你去接他下來休息。」這時朱副處與王欽曜推著推車回來，推車上滿滿三角錐與連桿，朱副處：「王欽曜你跟徐立功一起把號碼貼在三角錐底部黑色與藍色位置交接處，貼好就放在旁邊擺整齊。」

鄭襄理拿著線路圖：「李佳淳！這是喇叭位置圖，妳前場後場都要看還有各通道間，看看喇叭是否有音樂？沒有的要作記號。」

朱副處：「文國！還有什麼東西要收進來的？」

鄭襄理：「對了，剛才送進來的兩種DM也要點一下，然後放到各樓層DM架上，紅龍等一下會進來，我再找人處理。」

朱副處：「張立豐！你帶著DM去各樓層把DM架補滿，順便點一下DM。」

張立豐：「沒問題。」

朱副處：「有兩種DM不要搞錯。」

張立豐：「了解。」

鄭襄理：「陳仲達！你去機車停車場，看看位置把它記下來，以後我們要去找比較方便。」

陳仲達：「好的，記錄好之後我會放在記事本，這樣大家就比較好查。」

鄭襄理：「趙傳家！這些是迎賓傘，點好之後放到後面。」

萬處長：「等一下我去拿雨衣進來，順便放到各哨點。」

鄭襄理：「最後這兩天會忙死的，東西會一直進來，開幕前一晚十二點我們保全要全部接管。」

萬處長：「是啊！各哨點準備也要注意。文國、清泉！下班之後我們去點個菜吃個飯吧。」

鄭襄理：「我們多久沒闔眼了？」

朱副處：「已經一天了，今晚還不能休息，而且等一下業主還要跟我們開會，開會又是交代跟提醒。」

鄭襄理：「那就是兩天對吧！」

萬處長：「大家都辛苦了！」朱副處及鄭襄理點點頭。

## D-1

時間來到九月十二日「PYPY 娛樂購物城」開幕前一天傍晚，何嶽丞副理召集夜班：「明天『PYPY 娛樂購物城』就要開幕，今天日班還有一些事情還沒完成，等一下幾個人把它做完，做完之後裝備檢查一下，應該充電的要充電，不要明天日班要用的時候沒電，丟臉都丟光了，晚上十二點過後『中勇保全』正式全面接管『PYPY 娛樂購物城』保全工作，工地保全會全面撤出，大家明白嗎？沒有問題就解散。」

萬處長：「幾乎日班都到齊，還有誰沒到嗎？看一下喔！明天是開幕日，大家今晚早點回去休息，明天開始這幾天一定會超級忙，這幾天大家也都累壞了，明天七點上班的還是七點，九點的提早一小時，十點的也提早一小時，回家注意安全，解散。」大家一哄而散。

何嶽丞副理：「今天紅龍才剛到，總共五十個嗎？我找兩個人去弄。」

鄭襄理：「紅龍有五十個在這裡，把編號貼上去就好了。」

何嶽丞副理：「小張、志全你們先把紅龍貼號碼，做完之後找我。」

D-Day

早上七點半南車道外，已經排滿了要進貨的廠商，許多送貨司機抱怨著要趕緊進入送貨，而南車道只有陳恩典一個人，陳恩典使用無線電呼叫：「南車道需要支援，太多進貨車輛了，麻煩派人支援。」

在休息室萬處長：「等一下我過去。」

剛進來的張純純也說：「我也過去南車道。」

萬處長看了一下：「好！」

萬處長與張純純到了南車道，便立刻投入指揮疏導。還不到十一點便有許多顧客想要搶頭香，只是今天開幕是十二點整，但是車輛越來越多，北車道開始出現排隊車潮，而在南車道貨車逐漸減少下，但是排隊車潮逐漸變多。

而在「PYPY 娛樂購物城」四個大門陸續出現等待人潮，每一個門口約有五、六十人，有人開始打電話，也有人在旁邊滑起手機，而且還有許多人陸續到來，附近的交通開始慢慢地壅塞起來，快到十一點時，想要過一個紅綠燈要等上三、四次。

時間終於來到十一點五十九分，從趙傳家無線電耳機聽見：「中控室呼叫，距離營業時間倒數一分鐘，無線電請保持緘默。」外面的顧客早已開始急躁起來，想要第一個進入「PYPY 娛樂購物城」，趙傳家無線電耳機再度聽見：「中控室呼叫，開館！開館！開館！」同時間「PYPY 娛樂購物城」所有大門同步打開，外面的顧客紛紛進入館內，要來仔細看看「PYPY 娛樂購物城」有什麼地方是不同別家商場的，一時之間「PYPY 娛樂購物城」門庭若市，每一樓層每一店鋪擠滿了人，想要結帳至少要排隊等個五分鐘，眞是好不熱鬧啊！

***

江重滿剛結束上一個工作，正在旁邊低頭坐著抽菸喝保力達B，江重滿感覺前面有一個人，於是自然的抬起頭來，結果是劉浩星站在面前，用怒目的表情瞪著江重滿，江重滿馬上起身逃跑，劉浩星一手抓住江重滿的衣領，劉浩星憤怒的說：「幹！騙我，說好的東西要給我，居然敢騙我，討打嗎？」

江重滿求饒的說：「老大我不是這個意思，我眞的是不想再幹了……」

江重滿話還沒說完，劉浩星一喊：「給我打，打到死爲止。」劉浩星身旁三人開始毆打江重滿，這時工頭看見有人被打跑來制止：「不要打了，你們這樣會打死人的，好了，停手。」

劉浩星站了出來：「你管太多了吧！」

工頭生氣的說：「拜託，這是工作的地方，一天沒有進度大家是領不到錢的，多少人是靠著這份工吃飯的，你要吵架要打人請到外面去。」

劉浩星：「好了，別打了。」那三人才停止動手打江重滿，這時江重滿已經被打的趴在地上一動也不動，劉浩星手指江重滿：「我還會再來找你的，我們走。」

工頭看著劉浩星一行人離開，右腳踢了一下江重滿：「人都走了，快起來吧！」

江重滿才慢慢地起身，江重滿咳了幾聲坐了下來，工頭搖搖頭：「你這樣子怎麼能好好工作，之前還拜託我給你機會，現在人家找上門來，我還有空理你們嗎？再這樣下去我也不用幹了，大家都喝西北風吧！」

江重滿咳了幾聲：「以後不會再發生這種事了。」江重滿緩慢地站起來，點了一根菸，右手揮了幾下，步伐蹣跚的頭也不回離開工地。

江重滿騎著機車漫無目的閒逛，不知不覺機車騎到中華路，突然感覺機車不能往前動，原來整個路上都是車輛，剛好今天是「PYPY 娛樂購物城」開幕日，所以整個道路擠滿了車輛，而人行道滿滿都是來逛街的民眾，幾位義交在幾個路口指揮交通，由於車流量與人潮實在太大，幾位義交指揮下來已經開始露出疲態。

二輛 5619 公車前後卡在中華路上動彈不得，前面是劉德富後面是陳國輝，還有幾輛公車也是塞在路上，兩人被卡在路上只能露出無奈的表情，江重滿騎著機車在車陣空隙中穿梭，當機車經過公車時江重滿比了中指，陳國輝看見之後比了中指回去，劉德富當場大罵：「雞巴，幹！」就這樣江重滿騎著機車一路到了城隍廟，江重滿到了一家麵攤前，江重滿坐了下來：「老闆我要一碗米粉湯，幫我切一盤小菜。」

老闆：「稍等一下，馬上好。」

過了沒有多久老闆端上一盤小菜跟一碗米粉湯，江重滿咳了幾下開始吃了起來。

過沒一會兒江重滿起身：「老闆結一下。」

老闆看了一下：「小菜四十、米粉湯七十，總共一百一十元。」

江重滿：「錢放在桌上不用找。」

老闆：「老闆謝謝喔！有空再來。」

江重滿騎著機車又回到雍塞的中華路，江重滿又遇見那兩輛 5619 公車，一前一後塞在車陣中，只是這次方向反過來，江重滿經過的時候比了中指，陳國輝看了一下又是那輛機車，馬上比了中指回去，江重滿笑了一下，劉德富當場破口大罵：「找死，幹！就不要被我遇到。」江重滿加足油門向前衝去。

江重滿騎著機車一路狂飆回家，江重滿回到家裡，把身上髒衣服全部丟到洗衣機，自己洗了一個熱水澡，江重滿來到客廳聽見手機在響，趕緊把電話接起來，江重滿：「你好，請問找誰？」從電話中傳出一個男人哭泣聲，江重滿一臉疑惑坐了下來：「我是江重滿，請問你是誰？」

對方的哭泣聲漸漸停了下來：「江大哥我是張啓國啊！你還記得剛出獄的時候，我們互相要了對方電話，以後還可以聯絡。」

江重滿：「我記得你是張啓國，你還跟我說你要回家，找你的太太跟小孩，那時候你說要重新做人，這些我都還記得，現在你怎麼了？怎麼哭了呢？是不是中間發生了什麼事？」

張啓國：「我是想要重新做人，我是想要找回太太跟小孩，可是找工作非常不順利，使得我只能打零工過活。我去找了太太，結果她已經申請離婚，後來我找到我的前妻，他們娘家全部反對我回去，也看不起打零工，認爲沒有固定收入，怎麼能照顧家庭。」

江重滿：「聽起來這不太好啊！」

張啓國：「是啊！我可以忍一下就過去的，可是負責發錢的老闆，就故意不發錢，處處找機會刁難，結果就變得有一餐沒一餐，我現在也不知道該如何才好，租房子的費用也快繳不出來。」

江重滿：「你有什麼打算嗎？」

張啓國：「我不知道！我還想問你現在過得好嗎？」

江重滿：「我手上還有一些可以幫你，這個……張啓國你不要想不開啦！」

張啓國：「如果可以重來，我眞想重新來過，江大哥不用擔心我啦，一切都會沒事的！只是跟你聊聊天而已，抒發一下情緒。」

江重滿：「……」張啓國話說完之後掛掉電話，江重滿無奈的說：「保重啊！兄弟。」

晚上用餐的時候，江重滿正一邊看著電視一邊吃著飯，新聞報導：「一名男性張啓國於租屋處燒炭自殺，被人發現時早已死亡，據警方調查張啓國刑期滿剛出獄，房子已被妻子賣掉，妻子與孩子早就不知去向，張啓國出獄之後工作不是很穩定，據說老闆藉機不發薪資，迫使張啓國三餐不繼，警方研判張啓國可能因此厭世，而選擇自殺來結束一生。」江重滿看完新聞簡直不敢相信，下午才跟張啓國通過電話，江重滿內心後悔也來不及了，沒有多說幾句。

***

劉德富叼著菸生氣的說：「塞車還要被別人比中指，眞是氣死人了，而且還被比兩次中指。」

陳國輝抽著菸：「沒辦法遇到『PYPY 娛樂購物城』開幕，而且一個開幕就塞成這樣，說出去會被笑死的。」

劉德富：「喘口氣一下，很想砍課不跑了。」

陳國輝：「你不跑還是要有人出來跑。」

劉德富手指一彈菸頭：「菸抽完繼續跑車。」

黃雪慧開著公車準備靠右進站，右轉燈打起，這時候一輛機車漸漸靠近公車右後輪，忽然來自右後方一個輕微的碰撞，黃雪慧從右後照鏡看見右後輪旁邊有一人倒地，黃雪慧趕緊拉起手煞車，下車直接衝到右後輪查看，只見一人倒在右後輪一動也不動，黃雪慧趕緊回到車上，拿出警示三角架，黃雪慧哭著用右手摀著口鼻，左手拎著三角架，目光不曾離開過倒地的機車騎士，慢慢的走到車後擺上三角架，黃雪慧內心知道事情已經無法挽回，黃雪慧最終還是受不了內心壓力，崩潰跪在地上大哭，久久不能言語，車上的乘客紛紛下車，路旁圍觀的群眾越來越多。

過了沒有多久救護車趕到現場，發現機車騎士是位年過六旬的老太太，救護人員要搶救時，發現老太太的腦漿溢出，這時警方的車輛也到了現場，無論是救護人員或是警察，要詢問黃雪慧當時發生狀況，黃雪慧只能大哭不能言語，這時候蔣副課長與站長林博煊，先後到達現場，蔣副課長跟事故處理警察了解經過，站長林博煊走到黃雪慧旁不斷的安慰著。這時站長林博煊手機響起，林博煊站了起來：「是稽查課張課長，你好。」

稽查課張課長：「博煊！你現在人在現場，我剛才跟經理通過電話，黃雪慧的肇事案件，目前看來即使監視器沒有肇責，黃雪慧駕員身心目前不宜再派車，剛才我跟經理談過他也同意，我這邊再多提醒一下。」

林博煊：「好的，我會多注意駕員的狀況，謝謝張課長提醒。」

稽查課張課長：「這邊給蔣副課處理，一切聽蔣副課的沒錯。」

唐理文按了兩下藍芽：「你好，劉晉誠你有看剛才的新聞嗎？」

劉晉誠：「沒有，我剛才在休息所以沒看了，怎麼了，發生什麼事？」

唐理文：「等一下，有人打進來，我接一下，是陳國輝，還有洪景樺。」

劉晉誠：「我這裡有好久不見的蕭汶強跟黃耀文，大家好，怎麼今天那麼熱鬧大家都上線？」

唐理文：「有人打進來，我接一下，是林春生還有詹子賢兩位同學。」

陳國輝：「線上很熱鬧喔！總共有八位同學，剛才你們有沒有聽說站上發生大事？」

唐理文：「有啊！我聽站長說了一點不是很清楚，後來我問了調度，調度才說黃雪慧的車子，要靠站時與機車發生擦撞，機車當場 OHCA，聽說腦漿還流出來，現在公司很傷腦筋，新聞也報的很大。」

蕭汶強：「怎麼會碰到呢？黃雪慧開車沒看右後方嗎？」

陳國輝：「我也不知道，要調帶子看才知道。」

黃耀文：「黃雪慧這段時間難過了。」

蕭汶強：「最近大家開車要小心一點，皮要繃緊一點，回去不要亂說話。」

唐理文：「開公車的風險眞的很高，一不小心就會出事，工作時間又長，又常常遇到客訴，所以根本就沒有人會來開公車。」

黃耀文：「你們不要講得嚇死人，這裡還有新同學詹子賢，到時候詹同學被你們給嚇跑了，你們學長都要負責。」

蕭汶強：「詹同學說兩句話讓大家認識認識。」

詹子賢：「各位學長大家好，大家都知道我的名字，我以前是在工廠上班的，薪水只有二萬八左右，想說開公車可以多賺一點錢，就報名進來了，不過開公車的時間眞長，一天從早報班到收班都要十五、十六小時，隔天都快爬不起來，還是各位學長厲害都撐得住。」

唐理文：「做久習慣就好，就這樣大家開車小心一點，散會。」

收班的時候大家議論紛紛，幾個駕駛在調度室外討論今天下午黃雪慧的事情，站長林博煊走出調度室點起一根菸：「你們這些八卦王我看比女生還八卦，幾點了不下班還在這裡討論，平時叫你們跑車，你們每個人都喊累，現在叫你們回去休息又不肯，所有人通通回去。」

站長林博煊抽了幾口菸，看了一下停車場沒有駕駛逗留，轉身進去調度室，站長林博煊：「這些駕員簡直是長舌婦，別人的事情一直問，好像別人的事就是自己的事一樣。」

調度正在處理錢筒：「站長你也不能怪駕駛，他們也只是關心而已，而且站上又出了這麼大的事，難免人之常情，站長很晚了，你還不下班嗎？」

站長林博煊：「我在打今天的報告，剩下兩行字，打完就下班。」

＊＊＊

D-Day

「嗶!嗶!」義交吹了哨子,原因是一輛轎車快速駛入北車道,北車道共有三名保全及一名義交,兩人負責入車,另外一人負責出車,義交負責北車道與南車道出車分流,湯伯寅:「劉水昆你要控制一下北車道出來的車輛,不要讓他們跑到南車道出車道。」

劉水昆:「收到,湯姆我要喝水幫我顧一下。」劉水昆從早上十點交管到現在是下午一點,時間已經超過三個小時,湯伯寅:「趁沒車快去喝水。」劉水昆走到旁邊喝了幾口水,「湯伯寅」是來支援北車道的義交。

南車道有機車、汽車及貨車進出,所以比較複雜,同樣共有三名保全及一名義交,兩人負責入車,另外一人負責出車,義交負責北車道與南車道出車分流,由於早上有貨車進入,所以七點開始有人站哨,後面又來兩位支援,大家也是站了四小時還不能下哨,張純純:「不會吧!這就是交管?手一直指揮不曾休息過。」

今天負責南車道義交:車群曜,車群曜對著張純純說:「妳才知道很累喔!今天的車子真多,好像沒有停止過。」

外面的交管苦不堪言,而其他哨點也沒有多好,像樓巡才剛補完DM,剛下來沒有休息多久,又被中控室叫去處理遺失物,車塔更像是失落的世界,沒有人會提起他們,在休息室裡人概維持著兩位保全，而在休息室的保全只能休息半小時，馬上就要上去接哨。中勇保全的楊總也下來關心「PYPY 娛樂購物城」各哨點執勤狀況，也帶了兩位保全來支援，公司提供了便當跟飲料，郭副總、會計、行政魏鈺婷三人費力提著便當跟飲料進來休息室，但是要找到有時間吃又能喝的保全實在是很困難。

時間靠近二點左右，人潮才開始逐漸減少，各哨點開始能夠掌握狀況，大家才有機會下來休息用餐，魏鈺婷：「趕快來喔！喝杯飲料順便休息一下喔！」

黃文麟走了進來：「你們都忘了車塔還有人嗎？我們站多久都沒有人來接我們。」

魏鈺婷：「辛苦啦，各位！快來這邊喝杯飲料。」

陳恩典與郭婉君一前一後進來休息室，郭婉君抱怨著：「喂！你們把理貨哨當成空氣嗎？站了四小時哨我呼叫支援，結果支援被叫走，拖了兩小時才有人來接我，一直跟我說沒人叫我撐一下。」

陳恩典：「誰啊？這麼惡劣欺負妳？」

郭婉君：「就是萬處啊！氣死我了。」

陳恩典：「吃飯了沒？」

郭婉君：「都氣飽了。」

陳恩典：「口渴了嗎？」

郭婉君：「渴死了，我要拿一杯飲料。」

魏鈺婷：「有糖還是無糖？」

郭婉君：「無糖，因爲我在減肥。」魏鈺婷遞了一杯無糖飲料給郭婉君。

這時郭副總走了進來，郭副總：「不好意思讓大家這麼的辛苦，大家有吃到便當嗎？飲料有拿到嗎？還有誰沒吃到便當的？」

陳恩典：「大家應該有吃到吧！剛才中午大家輪流下來吃飯，吃完飯馬上上去接哨。」

會計：「郭副總，我剛才有問，大家都有吃到飯，只是他們要下來很困難。」

郭副總：「商場開幕一定碰到這樣狀況，現在就是人的招募要盡快補上，大家會撐不住的，在線上的保全會累垮的。」

這時趙傳家走了進來，趙傳家抱怨：「他媽媽的，累死人了，這麼多車，現在很多車還要上去，關心一下車塔吧！都沒人來接我們上廁所。」

郭副總：「辛苦了，喝杯飲料吧！」

郭婉君：「趙大哥你～辛～苦～了～，飲料自己拿。」

趙傳家：「對啦，老人家耐操，起碼也讓人家上個廁所吧！」趙傳家拿了一杯飲料大口喝了起來。

李育騰走了進來：「一個開幕搞死人了，這兩隻腳早已經不是我的了，這幾天我都不知道走了幾萬步。」

郭婉君：「可憐的樓巡，都沒時間休息。」

從李育騰的無線電發出：「呼叫樓巡，麻煩看一下避車彎違停車輛。」

李育騰：「收到。」

趙傳家：「等一下再去，不用那麼急著去，什麼日子？沒有違停才有鬼！喘口氣喝個水再去都來得及。」

李育騰搖了頭：「誒！我看還是先去處理吧！不然中控又要罵人了。」

趙傳家：「我也上去好了。」

郭婉君：「你們走我也要走了。」

三人遂一起出門。整個休息室又成爲空蕩蕩的。

郝輝煌這時進來休息室，看休息室沒有人：「大家都去哪裡？沒人？我看我來唱一首歌好了。」郝輝煌清了一下喉嚨：「新竹風　新竹風　輕輕的聽風來唱歌　一步一步走入竹塹城　遠

遠的十八尖山　深情的南寮漁港　住在這　有風來作伴　一啜一啜一啜的米粉絲　日頭照到春風微微　城隍廟邊　燒燒的貢丸香味　透早到陰暗　一年過一年……（註二）」

鄭襄理：「恩，很好聽！」鄭襄理的突然出現讓郝輝煌一臉的尷尬，這時候郝輝煌低著頭，準備要溜出去，鄭襄理：「輝煌你唱的歌眞的很好聽，只是現在大家都在忙，挑大家都在的時候再唱就好。」

郝輝煌猛點頭：「是！是的，鄭襄我知道了，我去幫忙了。」郝輝煌抓住機會門一開就溜了。

***

江重滿看完新聞後，江重滿一直用手機查詢，關於張啓國燒炭死亡的報導，不幸的是只有一篇張啓國燒炭死亡的報導，江重滿內心充滿忐忑不安，如果張啓國眞是這樣的結局，那江重滿又會是什麼樣的結局呢？面對劉浩星還有其他人的咄咄逼人，想要重新做人實在很困難，但是江重滿不想再走回頭路了，江重滿不想失去沒有自由的日子，那是一件非常痛苦的回憶。江重滿越想越煩躁，江重滿點起菸喝起酒來，似乎在菸與酒的空間裡，江重滿才能眞正享受到快活吧！

外頭一陣機車聲傳了進來，原來是江麗水剛從交管下哨，江麗水身上全是倦怠感，今天「PYPY 娛樂購物城」開幕，可把江麗水搞垮了，從早上到晚上整條路，都被大量的車潮給佔據，無論義交如何指揮，車輛實在太多，義交也無可奈何。江麗水一股腦兒坐在沙發上，不管江重滿是不是願意就坐在旁邊，江重滿：「麗水我知道妳今天很累，但是妳也不能這樣鴨霸吧！還是妳肚子餓了？我去替妳炒幾樣菜。」

江麗水：「我眞的很餓，這次眞拜託哥了。」

江重滿：「妳先去洗個澡，放鬆一下自己，等妳洗好澡，我看菜也差不多炒好了。」

江麗水：「那眞謝謝哥了。」

過了一會兒，江重滿已經炒好了兩盤菜。

江麗水：「哥你炒的這兩盤菜眞的不錯，好吃，還煎了一個荷包蛋。」

江重滿：「還好，普通而已。」

江麗水：「桌上爲什麼有酒？哥在喝悶酒嗎？」

江重滿欲言又止：「沒……沒什麼。」江麗水：「我想是不是有人逼你？」

江重滿：「是的……也不全是這個意思。」

江麗水：「說來聽聽看。」

江重滿：「應該說我有一位一起出獄的朋友，他要重新做人，今天我接到他的電話，對方問我過得好不好，電話掛掉之後，過沒多久新聞就出來了，原因是對方過不下去燒炭自殺了。我想我的壓力很大，我不知道我還能撐多久，萬一不行的話那我是不是去……」

江麗水搶著說：「爲什麼你就一定要去死？都沒有機會了嗎？」

江重滿：「麗水我不是這個意思，我只是想說……」

江麗水：「剩下的話就收起來吧！該怎麼做就怎麼做。」

江重滿：「今天路上很塞吧！」

江麗水：「對了，哥你爲什麼騎車過去還跟公車比中指，你是吃飽太閒嗎？人家又沒有欺負你。」

江重滿：「麗水你有看見？」

江麗水篤定的說：「有！我看得很清楚。」一時之間江重滿無話可說。

江麗水：「哥晚了，你先去休息吧，我吃完之後會收拾乾淨，我也累了，我也要早點休息。」

江重滿：「好啦！我先去休息了，你也早點休息，晚安。」

江麗水：「晚安。」

一早江重滿還睡著，如果是平時這個時候，江重滿早就出門上班去了，江麗水看江重滿沒有起床，便叫了幾聲：「今天不用上班嗎？」

江重滿：「是啊！不上班了，我再去找個像樣的工作，不用擔心我啦！我有找好的工作。妳不多睡一下嗎？」

江麗水：「我去辦一點事情。」江重滿隨後起身，過了沒有多久也出門。

在工地中工人一如往日的辛勤工作，劉浩星帶著六、七位小弟到工地來，劉浩星喊著：「江重滿給我滾出來，你不要像烏龜縮在裡面，江重滿給我滾出來，江重滿滾出來……」

這時工頭走了出來，這次工頭不客氣的說：「跟你們說過大家都是靠著一點薪水在生活，今天你們無緣無故來鬧事，是不是太過分一點？而且你們要找的人早就離開這裡了，而且他也是要過日子的，還不是你們逼走他的？」

劉浩星眼看氣氛不對要趕緊離開工地，只見工頭和工人手持鐵棍，早已把出口堵了起來，工頭得意的說：「不用擔心，我們不會笨的與你們動手，我們電話已經打好了，大家掰掰了。」

一群警察快打部隊衝了進來，警察手持警槍大喝：「東西放下，手舉起來，所有人蹲下。」

劉浩星跟帶來的小弟只能乖乖照警察話做。

江重滿趁著空檔去了幾家公司面試，當然公司回覆不是未錄取，不然就是再通知，江重滿眼看剩下一家公司可以面試，江重滿不放過任何機會，於是鼓起勇氣進入公司面試，這次終於讓江重滿錄取成功，江重滿要好好珍惜這得來不易的工作機會。

***

現在公車司機都知道經過「PYPY 娛樂購物城」都要有塞車的準備，還有站上因爲黃雪慧的肇事案蒙上一層陰影，大家在開車時變得緊張兮兮的，開車對陳國輝來說還是開車，不會因爲外在因素影響整個節奏，一通電話進來陳國輝馬上接了起來，陳國輝：「請問找誰？」

家暴中心：「你好，我是家暴中心，請問是陳國輝先生嗎？」

陳國輝：「我就是。」

家暴中心：「你好，上次有一件家暴案，是你孩子打的電話嗎？」

陳國輝：「是的。」

家暴中心：「我是譚社工，關於這次事件是因爲在管教孩子中發生衝突嗎？」

陳國輝：「是的。」

家暴中心：「因爲我們受理這件案件，所以要讓父母了解一下過程。」
陳國輝：「是的。」
家暴中心：「我們會安排課程，讓父母親來上課，我們盡可能安排在父母親有休息的時候。」
陳國輝：「了解。」
家暴中心：「因爲我們人力有限，那我們會委託給家扶中心來辦理。」
陳國輝自語：「教訓小孩子就來上課，眞是有夠倒楣的。」

一天下午陳國輝按照家扶中心安排，來上一些諮商課程，這類的課程都是一對一，一位諮商老師對一位或父母親一起，每次諮商時間一個半小時到二小時，這是陳國輝第一次上課。好不容易陳國輝諮商課程結束，剛好鍾漢泉社工走了過來，鍾漢泉社工：「雲翔爸爸你好，剛才上課還可以嗎？」
陳國輝：「鍾社工你好，剛才上課可以啦，很輕鬆。」
鍾漢泉社工：「我怕你會適應不良。」
陳國輝：「老師很好，沒有什麼壓力，很快就進入深入的地方。」
鍾漢泉社工：「那雲翔呢？最近在家裡如何？」

陳國輝：「看他吧！我還好。」

鍾漢泉社工：「雲翔爸爸是家裡的重要支柱，對於家庭經濟支柱這塊我是很重視的，沒有了家庭支柱，這個家就會很快瓦解，所以我特別要讓雲翔爸爸保持住良好狀況，我還有事要忙先不打擾爸爸了，再見。」

陳國輝：「再見。」

「抽菸」這個才是陳國輝真正壓力釋放，陳國輝望著藍天點了一根菸。陳國輝回到家裡，家裡空蕩蕩的，陳國輝想要跟家人說話，家人都不在家，陳國輝只能坐在沙發上看著電視，電視看了沒有多久陳國輝便睡著了。

一對男女年紀大概約五十多歲，兩人身材中等略瘦，今天出現在某一站牌旁，而這支站牌整年幾乎沒人搭車，今天卻有兩位乘客準備搭車，公車還沒來的時候，這對男女像似相見恨晚的感覺，兩人一直摟摟抱抱，女的直說：「阿娜達我愛你喔！」

陳進德見有人要搭車於是靠近路邊開了車門，兩人上車之後依舊摟摟抱抱，彷彿全世界只剩下他們兩人一般，公車開到一半時，其中女生先下車，男生繼續搭公車，下車後女生還不忘大聲提醒男生：「阿娜達記得早點回來喔！我在家做好飯等你喔，記得早點回來喔！」連續送了幾個飛吻，公車離開時女生還追了幾步路，猶如電視劇情一般，今天這一幕讓資深司機陳進德看傻了眼，以後開這一路的司機都會遇到。

一對男女要搭公車，男的看起來剛退休的樣子，女的看起來不到五十歲，但是感覺起來有些氣質，兩人一上車後就坐在第一排位置，車開動沒有多久，史賢仁感覺後面好像有東西晃動，史賢仁看了一下後照鏡，原來是男生的手伸進女生的衣服裡摸來摸去，而女生也不會覺得不好，而男生一路上跟女生聊天，即使有人上下車，他們也不會覺得害臊，這對男女下車後史賢仁喘了一口氣，史賢仁心想大家都在看，那對男女還能無視他人觀感也是佩服。離譜的事還不是最離譜的，史賢仁開車回頭的時候，再度遇到那對男女，結果那對男女又坐第一排位置，男生依然把手伸進女生衣服裡面，這次史賢仁無語了。這句話要重複說，離譜的事還不是最離譜的，史賢仁又再度遇到那對男女，那對男女依舊在同樣位置做同樣的事，這次史賢仁眞的無言了，同樣的以後開這一路的司機都會遇到。

搭公車上車刷悠遊卡或是投錢都是可以的，新竹公車票價十五元其實很便宜，可是就是有人故意投不足面額，差個一、兩元司機通常不會計較，如果自己知道手邊零錢不足，或是卡片內零錢不足，上車時先跟司機表示自己帶的零錢不足，或是卡片忘記儲值，幾乎司機都會網開一面，甚至免費搭公車一次都有可能，因爲人與人之間相處在於「誠信」二字，沒有「誠信」

爲基礎，一切都是空談。

洪景樺開公車資歷也不短，至少有九年了，曾經聽過老司機遇過乘客投兩枚一元硬幣的事情，這一次洪景樺遇到了，他記得有一次某大學交換女大學生上車時投完錢就往後走，當兩枚硬幣投入錢筒時撞擊聲不太一樣，洪景樺低頭看了錢筒，發現是兩枚一元硬幣，洪景樺隨即要求該同學補足差額，結果交換生從口袋拿出三枚五元硬幣，洪景樺看了同學可能身上沒有多餘生活費，加上語言不通，於是示意往後走不用補差額，結果那交換生坐在同學旁，用韓文交談有說有笑的，似乎剛才沒有發生任何事情一般，好像詭計被識破但又奈我如何一般，洪景樺看了內心後悔了，原來「誠信」兩字是可以被踐踏在地的，洪景樺今天確認老司機說的故事是眞的。

***

今天是「PYPY 娛樂購物城」開幕日第二天，中勇保全的所有人經過昨天辛苦操練，所有人今天好像義和團一般刀槍不入，有如神功護體，前面都是誇大其辭，其實是該做的還是要做，「PYPY 娛樂購物城」的迎賓門一開就是要認眞工作。今天一早的狀況比昨天開幕前好多了，大家都能馬上進入狀況，張純純今天被安排在北車道，昨天整個狀況，讓之前只在餐廳洗碗、端菜的張純純上了一堂課，雖然用餐時餐廳也是忙進忙出，但是一但過了用餐時間，整個步調開始慢了下來，張純純：「黃文麟你們從大巨蛋過來，這些對你們有經驗的而言應該是牛刀小試吧？」

黃文麟：「這個『PYPY 娛樂購物城』人潮有多少，巨蛋就有多少人，自己也去過大巨蛋就知道，站多久哨對我們而言不是大問題，重點是人有生理需求，要讓人家上廁所，昨天我在車塔站了五個小時，我不會想要上廁所嗎？會啊！我當然要上廁所啊！讓我上一下廁所，我就可以繼續站，可是昨天沒有人來換，希望今天狀況可以好一點。」

張純純：「我第一次當保全，而且沒有站過交管哨，可以請教一下交管的一些技巧嗎？」

黃文麟：「其實這也沒有什麼好說好教的，要叫我教人還有一點困難，就是這樣，我說什麼動作做什麼，妳就說什麼動作做出來，這樣對妳剛學比較安全，因爲一開始一定都不懂，但是我說『車入』，手勢做車入動作，嘴巴說動作也做，這樣自己會清楚在做什麼動作；我說『擋車行人過』，我們除了嘴巴喊之外，手勢作出擋車行人通行，而且動作要大，喊的聲音也要大聲，這樣我才能聽見你說什麼，互相提醒對方有車有行人，我想大概就是這樣。」

張純純：「了解。」

黃文麟：「現在車輛進來馬上做，車入。」

張純純：「車入。」張純純順勢做車入動作。

黃文麟：「對！嘴巴喊出，動作要做，動作要大一點，再大一點。」

隨著中控室呼叫「開館！開館！開館！」，「PYPY 娛樂購物城」各大門同時打開，人潮比昨日還多，沒有多久各樓層擠滿了人潮，洪瑞陽走到換證哨：「劉瑞琪！請問一下這側門地鎖的鑰匙要放在哪裡？」

劉瑞琪：「你進中控室右轉看見右邊牆上，有放置警棍的箱子的右邊，就是放鑰匙的地方。」

洪瑞陽：「謝謝。」

徐立功走了過來：「換妳去吃飯休息。」

張純純下哨到休息室吃飯，現在時間是下午一點。

會計：「張純純辛苦了先吃飯吧！旁邊有飲料，這幾天的便當與飲料都是公司出的。剛才我跟楊總站在車道看，我覺得車比昨天還多，人也比昨天還多，大家眞的很辛苦。」

張純純：「是啊！但是感覺車輛比昨日好管。」

會計：「可能大家都有經驗，所以覺得比較好管。」

張純純：「昨天回去手、腳都不聽使喚麻痺了，躺在床上就睡著了。」

會計：「我看大家一樣都累壞了。」

劉水昆在北車道指揮交通：「湯姆你當義交多久了？」

湯伯寅：「我很久了，以前是兼差，一個月二次，大概做了六年，今年開預拌車退休，現在在義交是全職，你們剛來『PYPY 娛樂購物城』，我們開始站車道哨，所以我們是差不多時間站『PYPY 娛樂購物城』，我記得你們先練習站哨。」

劉水昆：「沒有幾天就全部接管，因爲課程上完剩五天，我們就開始適應。」

劉水昆的無線電這時突然傳來中控室呼叫：「李佳淳四號門就位了嗎？」「鄭襄！派人拿兩支紅龍從四號門進入到舞臺區。」

鄭襄理：「派人過去了。」

中控室：「鄭襄！派人拿兩支紅龍從二號門進入到舞臺區。」「鄭襄！動作要快。」「李佳淳四號門就位了嗎？」

李佳淳：「快到四號門了。」

劉水昆：「郝輝煌你拿四支紅龍喔！我幫你拿兩支去哪？」

郝輝煌：「拿兩支到四號門。」

李佳淳：「四號門就位。」

劉水昆拿著兩支紅龍往四號門走去，中控室：「北車道、南車道注意，若有記者採訪車進入，請馬上回報中控。」

北車道：「北車道收到。」

南車道：「南車道收到。」

中控室：「請出入口管制人員防止記者進入拍攝，並請記者到媒體採訪室，我們會請發言人統一發言。」

徐立功感覺疑惑：「館內發生什麼事嗎？」

陳恩典：「我也不知道。」

南車道義交潘孟明：「剛剛有新聞出來，說有一個人從四樓跳下，落在你們舞臺區，當場死亡。」

陳恩典：「真的還是假的？」

義交潘孟明：「這邊還有影片。」

晚上七點日班下哨集合準備回家，蔣靜美有氣無力：「你們都忘了中控還有人要休息吃飯嗎？」

郭婉君：「對不起忘了妳的存在。」

蔣靜美：「明天記得幫我準備好離職單。」

鄭襄理：「回去不可以在群組或任何地方討論『PYPY娛樂購物城』發生的事情，有人問起一律回答不知道、不了解。」

李育騰：「鄭襄請問一下什麼時候可以排休？」

劉瑞琪：「是啊！好久沒休假了，今天第十天了，快累死了。」

鄭襄理：「休假的事情，我知道會安排，如果沒有問題，解散。」

蔣靜美：「我要離職單！我要先試寫一下。」

鄭襄理：「明天你的哨我會注意的，有事情呼我。」

***

江重滿拖著疲憊身體回來，沒有多想就躺在沙發上，拿著電視遙控器選新聞，剛好電視新聞在報導「PYPY 娛樂購物城」跳樓事件，江重滿眼睛睜大在看新聞相關後續，江重滿在「PYPY 娛樂購物城」上班，今天江重滿被安排在館外撿拾垃圾，現在江重滿一心一意要做好工作。

叔叔走了過來，江重滿趕緊起身：「叔叔。」

叔叔坐了下來：「最近工作好嗎？還適應嗎？」

江重滿幫叔叔點了菸，自己也點了一根菸，江重滿：「工作還好，之前的工地沒去了，現在改做清潔工作。」

叔叔：「我就覺得工地你不適合，現在做清潔不知道蹲的下去嗎？」

江重滿：「可以啦！別人也是做很好啊！我想我也可以。」

叔叔：「我是想說你會廚房的事情，以前我們的鄰居正在把老家整理乾淨，準備要開一間咖啡屋，我想以你的手藝可以幫他一點忙，阿滿你覺得如何？」

江重滿：「我想都可以試一試。」

叔叔：「那我就去跟對方說一下。」

江重滿：「我的肚子餓了先去弄飯。」

叔叔：「你先去處理吧！」

江重滿一如往常騎車上班，看上去前方有一棟老屋子正在整修，平時騎車經過都沒有注意到，今天還眞的看見了，不過時間快到了趕快騎車上班比較重要。上班前勤前教育主管提出重點，分派任務之後大家馬上散開去執行工作，開館前各設施環境清潔格外重要，爲了使顧客留下好印象，環境整潔不能馬虎。開館前保全或是機電發現設施有髒亂之虞馬上通知中控，中控再通知清潔派員至指定地點做清潔動作，完畢之後拍照上傳回報。

今天是「PYPY 娛樂購物城」開幕第三天，雖然昨日下午發生有人墜樓事件，但是絲毫未影響人們前往「PYPY 娛樂購物城」的興致，人潮依舊絡繹不絕，正當江重滿走到機車停車場時，前面有兩人擋住江重滿，正當江重滿要開口時，從江重滿面前走來一人，就是劉浩星本人。

劉浩星：「好久不見阿滿！最近過得好嗎？」

江重滿：「還不錯老大。」

劉浩星：「我也過得很好，差一點被抓去關了，我說過我要的東西給我。」

江重滿：「最後一次。」

劉浩星：「可以，沒問題，什麼時候？」

江重滿：「早給晚給都一樣，明天在這裡。」

劉浩星：「很好，明天我等你，記得不要再搞我啊！小心啊！」

回到家的江重滿悶悶不樂，如果做了就是做了，沒有所謂的最後一次，只是會有更多次，想著想到死胡同了，江重滿拿出酒，一杯接著一杯，看看能不能喝出不一樣的答案出來。正當江重滿一杯要往嘴裡喝被另一手抓住，江重滿抬頭一看是麗水，江麗水一手抓住江重滿的右手，另外一隻手把酒杯接過，放在桌上，江麗水：「哥你是酒喝不夠嗎？一定要喝這麼多嗎？喝酒就能解決問題嗎？」

江重滿：「妳不懂，我的事妳不用來教訓我。」

江麗水：「是啊！我不懂，所以更要勸你。」

江重滿：「妳跟文欽最近如何了？有沒有好消息？」

江麗水：「放心有好消息一定會跟你說的，少喝一點，有事大家可以商量。」

江重滿提早在機車停車場等候，劉浩星帶著兩位小弟也來到機車停車場。

劉浩星：「謝謝阿滿。」

江重滿：「這全部給你。」

劉浩星：「一萬五不多，好的開始是成功的一半，希望下次能夠繼續合作。」

江重滿：「老大你也知道我的品質是最好的。」

劉浩星：「再見。」

劉浩星騎著三陽一二五機車離開了江重滿的目光，那團大肥肉壓在小小的一二五機車上，江重滿只能嘆口氣說：「誒！機車辛苦你了。」

劉浩星：「讓你們等久了，一包四千，品質保證。」

兩位年輕人：「浩克老大謝謝啦！你知道嗎？在『PYPY 娛樂購物城』工作壓力很大，一開門忙得頭昏眼花，所以不靠這個沒辦法爽一下，而且你們品質比較純。」

劉浩星：「那就多買一點吧。」

***

在學校的某一處，詹長揚：「今晚要不要跟我去一個好玩的地方？」

陳雲翔一臉疑惑：「哪裡啊？」

詹長揚：「晚上跟我來就知道了。」

沈崇煥：「幹！你又不先說，搞神祕啊？」

詹長揚：「我不搞神祕一些，你們會來嗎？」

陳雲翔：「幾點集合？地點？」

詹長揚：「當然是下課後門口見。」

沈崇煥：「幹！廢話，但是要有好康的。」

詹長揚三個人放學後一起到一棟大樓，這棟大樓外觀看起來是棟舊大樓，可是一樓店面則是非常熱鬧，詹長揚三人搭乘電梯到達六樓，六樓電梯一打開整個舞會聲音好像貫穿雲霄，詹長揚三人進來的時候，舞會剛剛開始，詹長揚三人繼續往裡面走，經過一扇門，進入一個房間，兩側有男也有女生好像飄飄欲仙的感覺，再經過一扇門，到一個房間，房間兩側有幾位壯漢，手背上都有刺青，看起來像保鑣之類的，詹長揚向中間前面點頭，詹長揚客氣的說：「虎哥我人帶來了。」

一頭綠色頭髮的虎哥，兩耳上掛了許多小耳環，口中叼了一根菸：「小揚看他們才剛碰K吧，我看水路也沒走過吧！」

詹長揚：「是的，他們才剛碰沒多久，水路還沒。」

虎哥：「聽說你們要買K啊？」

沈崇煥：「是的，聽說你們的品質很好？」

虎哥：「不是聽說是事實。」

詹長揚：「謝謝虎哥。」詹長揚帶著沈崇煥跟陳雲翔到大樓樓梯間，詹長揚：「這裡沒有人可以盡情的玩啦！」

陳雲翔：「那之前你給我們的試用包也是跟虎哥拿的？」

詹長揚：「沒錯，感覺如何？我想應該不錯吧。」

沈崇煥：「先來試試喔！」三人開始享受拉K的快感，沈崇煥：「火燒慢一點。」

詹長揚：「等一下我也要。」

三人一會兒唱歌、有裝瘋賣傻、有胡言亂語，似乎這才是他們最快樂的時光。

陳雲翔步伐小心的走進屋內，現在時間已經是十點多了，屋內沒有點燈，陳雲翔慢慢的走到房間，過了沒有多久陳雲翔走到浴室去洗澡，陳雲翔覺得奇怪怎麼沒人出來，看了一下爸媽已經在睡覺，陳雲翔覺得無聊便回房休息了。

一早陳國輝發車開始一天忙碌的生活，一位美魔女上車刷卡，這位美魔女年紀已經超過六十五歲，但是身材保養得很好，看上去只有五十歲左右，美魔女遞了一份早餐給陳國輝，美魔女：「大哥你好！這份早餐送給你吃的，這是我親手做的早餐，很好吃喔！」

陳國輝笑著說：「謝謝啦！我才剛吃飽而已，你拿給其他人吃。」

美魔女：「不要客氣啦！你們很辛苦的開車，這是我親手做的早餐，大哥一定要收下啦。」

陳國輝只好收下美魔女的愛心早餐。趁著空檔陳國輝吃起美魔女的愛心早餐，陳國輝才喝下第一口豆漿，差點就要吐出來，豆漿不過是用豆漿粉去泡的，底部還有很多粉末，三明治咬了兩口覺得也不好吃，陳國輝把早餐給了劉德富，還有其他同事收了兩份早餐。

隔天陳國輝發車，早上依舊遇到這位美魔女，美魔女：「大哥你好！這份早餐送給你吃的，這是我親手做的早餐很好吃喔！如果不夠再拿一份。」

陳國輝笑著：「謝謝啦！你拿給其他人吃。」

美魔女：「不要客氣啦！這是我親手做的早餐，大哥一定要收下啦。」

陳國輝笑著回答：「謝謝啦！我真的不需要。」

美魔女生氣的說：「不給你吃了，我給其他人吃了。」

從此這位美魔女再也不做早餐給陳國輝吃了。

站牌旁有一對夫婦招手表示要搭車，陳國輝看見是固定乘客，將車停在站牌旁，這一對夫婦上車跟陳國輝打了招呼，陳國輝：「你們要去『東安古橋』走走？」

先生：「是啊！盡可能每天都出來，出來散散步也好，你看那『東安古橋』眞的是很美麗的一座橋。」

太太：「牛欄河經過『東安古橋』水流不會太急，緩慢的流下去，你在橋下會有特別感覺，時間緩慢的流逝，不像秒針走的很快很有規律。」

先生：「我們以前像你一樣工作，工作從頭忙到晚，而我的職業是牙醫，每月收入二、三十萬跑不掉，直到我的太太罹患癌症末期，我勸我的太太不要接受治療了，那只是減緩病痛而已，我們四處遊山玩水接近大自然。」

陳國輝：「那太太也同意？」

太太：「是的，就這樣經過半年了。」

車子來到關西站，陳國輝將車停好，陳國輝：「關西站到了，大家請下車。」

那對夫妻也走了過來，先生揮了手：「謝謝，再見。」

太太：「有空再聊。」

陳國輝微笑著：「謝謝。」

***

今天是「PYPY 娛樂購物城」開幕第五天了，人潮依舊絡繹不絕，張純純被派到北車道值勤，北車道出入車比較單純，黃文麟：「張純純麻煩妳在交通指揮的時候，手臂盡量打直伸出去，帶點力不要軟軟的，每一點都要到定位，這樣指揮起來才漂亮，人家才覺得妳專業。」

張純純指揮手勢做了幾下，黃文麟：「妳這樣不行，不是在那邊挖地瓜，手要抬起來。」

張純純的指揮黃文麟無論怎麼調整，都無法達到黃文麟的要求，黃文麟：「手臂打直，再打直，揮過去。」脾氣本就不好的黃文麟再也忍不住生氣大罵：「媽的，回去吃自己好了，來交管哨做什麼？多個二千元而已還要被罵，我看回去好了，有很多哨是不用日曬雨淋的，少二千元沒差。」

不管黃文麟罵的多兇，張純純指揮手勢還是有待加強，旁邊的義交看不下去了，湯伯寅：「不要生氣，黃文麟，說話不要那麼兇，有人學習快，相對的就有人學習慢，或許張純純還未開竅，也有可能她對交管眞的不行，再給她一段時間。」湯伯寅繼續說：「張純純妳要認眞一點，我看黃文麟眞的很認眞教妳，不懂的地方就問，沒人會笑妳的。」

張純純聽的頭都低了下來，黃文麟生氣的說：「中勇保全交管沒有一個人像妳這個樣子，以前在大巨蛋早就轟出去了，還有練習機會？沒有！」黃文麟說完之後獨自一人指揮交通。

這時有一位中年男子身上穿著「更生人協會」的背心迎面而來，那件白底藍字的背心，在背心白底的部分有一些汙穢，男子一手拉著菜籃車，菜籃車外面掛著「手工做的牛軋糖」的牌子，沿路望著前方快走而去，此時張純純的內心出現疑問？張純純不知道他爲何走的那麼急？他不是在賣「手工做的牛軋糖」嗎？照理來說他要賣「手工做的牛軋糖」就要慢慢的走，而且是要沿途叫賣的，當張純純要看清楚他的臉孔時，他的身影早已離開張純純的視線而去。

張純純認眞思考一會兒，是不是身上的背心阻擋了一切？因爲身上穿著「更生人協會」的背心，導致有人想買牛軋糖，因爲看見背心的字樣，加上背心有些汙穢，所以有心想買牛軋糖的人卻步了呢？大家看見「更生人」會不自覺的害怕、退縮，大家可能會想到「更生人」是否曾經殺過人？是不是十惡不赦的壞人？反過來說因爲前面提起「更生人」會不自覺的使人害怕，所以變得沒有人要買牛軋糖，惡性循環下去反正沒人買牛軋糖，所以男子也失去了信心，男子就快步走，也沒有人會在背後叫一聲。

這使張純純想到鄭捷殺人一案，鄭捷在捷運車廂殺了許多人，後來經法院快速審理，馬上執行槍決，照理來說鄭捷被逮捕之後，臺北捷運歸於平靜，結果沒有多久臺北捷運又發生一次嚴重騷動，大多數人甚至「奪門而出，落荒而逃」，在車廂內可以看見遺落的鞋子，正當大家以爲又發生殺人案時，經查證原因只是一隻老鼠在捷運車廂內，而事發之時是另外的捷運路線，發生鄭捷案的當事人相信肯定也不在這節車廂上。如果今天中年男子換成二十歲年輕女孩，身上穿著露肩又露腿的衣服，再用鮮艷的包裝紙裝著牛軋糖，可能這又會是不一樣的結局。

正當張純純陷入思考時，一陣叫罵聲傳來，「張純純！車來了是沒看見嗎？發什麼呆？」黃文麟大叫著。張純純趕緊回神指揮車輛，黃文麟憤怒的說：「什麼時間可以發呆啊？當交管的要隨時注意人、車安全，一個不注意是會要人命的。」

張純純直說：「對不起！」

湯伯寅：「張純純妳不可以這個樣子，交管是一個團體，不是打個人戰，剛才妳這樣六神無主是很危險的，萬一車輛從黃文麟後方來，妳又沒有提醒，請問這帳要不要算在妳頭上呢？該說該講的我都跟妳說了，自己好好想一想。」

黃文麟：「你這樣說這麼多她會改嗎？我是會被她氣死的。」

湯伯寅規勸著黃文麟：「不要生氣了，少說兩句。」

晚上七點日班下哨集合準備回家，蔣靜美：「十三天沒休假了，快累死了！什麼時候輪到我休假？」

郭婉君：「有人可以正常接我的哨嗎？」

李育騰：「鄭襄請問一下什麼時候可以排休？」

鄭襄理：「休假的事情，我知道會一一安排，明天休假人員：黃文麟、劉瑞琪，如果沒有問題，解散。」

郭婉君拍了黃文麟肩膀：「明天休假，眞好。」

「是啊！明天休假，拋棄我們，眞是太過分了！」陳恩典如此說，張純純下了班，裝備繳回東西收拾之後立刻趕回家。

***

一早江重滿依舊在館外四周撿拾垃圾，江重滿的手機響起，江重滿看了手機來電是劉浩星，江重滿遲疑了一下還是接了起來，江重滿：「老大這麼早打電話來有什麼事啊？」

劉浩星：「拜託現在都十點多了，還有多晚啊？」

江重滿：「對不起老大我忘了時間，請問老大今天有什麼事？」

劉浩星：「你知道虎哥嗎？他之前有拿過你的貨，虎哥覺得你的很純，虎哥覺得還想跟你拿，不知道現在還有沒有現貨？」

江重滿：「虎哥記得啊！他要拿貨啊！可是我現在沒有現貨了，而且他一次的量蠻大的，可能要等三天才可以。」

劉浩星：「好啊！有貨最好，我等一下跟他說。」

江重滿：「不！不！我看還是五天比較保險。」

劉浩星：「阿滿你怎麼可以說五天出來呢？你不會拖太久了嗎？」

江重滿解釋：「現在我的工作要十二小時，我沒有太多時間去處理，只有靠休息的時候。」

劉浩星：「那我建議你直接把工作辭了，專心幫我的忙就好了。」

江重滿：「拜託一下老大你不能只顧自己。」

劉浩星：「拜託，是我的工作好做，還是『PYPY 娛樂購物城』的工作賺多？」

江重滿：「錢不是重點，我欠你的還完我就不幹了。」

劉浩星不高興的說：「好啦！五天就五天，千萬不要再拖了。」

江重滿掛完電話繼續往前走，江重滿走到北車道，看見黃文麟正在指點張純純指揮動作，江重滿笑了一下，心想：「這個女人好像見過唷！」江重滿想了起來：「前些日子在機車店看過這女人，因爲機車撞壞了，所以來修理機車，那時候她連機車壞在哪裡都不知道！江重滿內心覺得這女人笨的可以。」現在又看到那女人交通指揮的亂七八糟，旁邊指導的人都失去耐性，江重滿看了一下張純純，搖了頭就離開了。

江重滿下班之後沒有立刻回家，而是到一處偏僻的「住所」，開始晚上的「加班」工作，「住所」的位置很偏僻，在新埔的一處廢棄房屋，裡面擺放著製毒工具以及打架用的一些棍棒。那裡晚上工作很放心，四周沒有住戶，當工作進度到差不多的時候，已經是淩晨二點，江重滿把電源關掉，東西收拾乾淨，悄悄的鎖上門，江重滿出來的時候只能慢慢騎車，深怕一個不小心驚動附近的住戶，直到離開相當距離時，江重滿才催緊油門加速離開。

正當江重滿騎著機車快速行駛時，不知道哪裡冒出來的警車，跟在江重滿後面，江重滿想不起來這輛警車跟了多久，而且是從哪個路段跟起，正當江重滿還搞不清楚的時候，警車突然發出聲音：「嗶！嗶！」意思就是靠邊停車，江重滿只能靠邊停車，警車也到江重滿後方停了下來，車上兩名警察下車一左一右的靠近江重滿，右邊的警察左手按住機車鑰匙，左邊的警察走到江重滿旁邊：「有喝酒嗎？」

江重滿：「報告大人我沒喝酒。」

警察：「確定沒喝二杯？」

江重滿：「我確實沒有喝酒。」

警察：「那剛才為什麼騎車這麼快？我看至少也有八十了。」

江重滿：「剛剛才騎八十，前面只騎六十而已。」

警察：「少唬我，我們的車子跟了你很久，要不要看影片？」

江重滿：「不用了。」

警察：「身分證、駕照有帶嗎？」

江重滿：「有！」

江重滿遂從後面口袋抽出皮夾，從皮夾拿出身分證、駕照給警察，警察：「我抄一下不用緊張，超速部分就不追究了，半夜的車子速度都很快，自己騎慢一點，沒事。」警察將證件還給江重滿：「騎車騎慢一點。」兩名警察回到車上，江重滿見警車離去才騎著機車回家。

江重滿回到家裡，看見叔叔坐在沙發上，江重滿：「叔叔！你還沒睡啊？」

叔叔：「你那麼晚才回來，而且電話也沒有打，叔叔擔心，怕你騎車出了意外。」

江重滿：「沒事啊！我只是晚一點回來而已，我不是好好地站在叔叔面前！」

叔叔：「阿滿有些事情，不要以爲做叔叔的都不知道，我只是不吭聲而已，你做了什麼事我都知道。」

江重滿一臉無辜：「叔叔你放心，我說過要重新來過，我會努力去做，我現在不是在工作嗎？」

叔叔：「最好希望你沒有，還有，我已經跟咖啡屋的老闆說好了，只要你過去工作沒問題。」

江重滿：「我知道了，沒事的話我先去洗澡，明天還要上班。」

叔叔沒有說一句話，只是看著江重滿離開。

***

陳國輝一早騎著機車趕著上班，一踏進調度室調度就說話了：「陳國輝你先進蕭汶強的班，蕭汶強的車路故了，憑單我已經改好了放在這裡。」陳國輝馬上抓著憑單衝了出去，因為時間快來不及了，在陳國輝稍微檢查車輛之後，隨即出門。

一天緊張的生活從此開始，這時候劉晉誠上線了，劉晉誠：「早啊。」

陳國輝：「早。」

劉晉誠：「今天有夠趕的。」

陳國輝：「是啊！我還差一點來不及發車。」

劉晉誠：「等一下來看哪邊可以買午餐。」

陳國輝：「是啊，我看我等一下幾點吃飯，等一下來這間池上買好了。」

劉晉誠：「一早我們就為午餐在煩惱。」

陳國輝：「是啊，眞奇怪，黃耀文上來喔。」
劉晉誠：「你好！黃同學，你沒有帶新同學啊？」
黃耀文：「詹子賢啊？他今天排休。」
陳國輝：「我看我也來排休幾天好了，休個幾天放鬆一下。」
黃耀文：「你休多了沒錢，想清楚。」
陳國輝：「看在錢的分上，算了。」
劉晉誠：「陳國輝！最近小孩還聽話嗎？」
陳國輝：「聽話？都聽外人的話。」
劉晉誠：「小孩到國中、高中都是這樣子的，過了青春期就好了。」
陳國輝：「問題是他不是青春期，他是變壞了，我也是這樣想就好了，問題是他就是亂搞啊。」
黃耀文：「對啊，不要想太多啦！就不要注意他就好。」
陳國輝：「不可以啊！小孩子亂七八糟的，怎麼可以這樣放任他呢？」
劉晉誠：「他不要學壞就好了，不要跟人家打架、吸毒、學壞就好了，跟他說話的聲音小聲一點，不要用兇的，那是沒用的。」

陳國輝下班之後回到家中，只見彩芸一句話也不說的坐在沙發上，陳國輝：「雲翔又在學校發生什麼事嗎？」

彩芸不高興的說：「還能有什麼事呢？上課遲到、課堂上睡覺、東西忘了帶，我看這些都煩死了，我不知道他上課時都做些什麼？」陳國輝聽了之後也只是無奈離開。

過了沒多久雲翔回到家中，一句話也不說的走到房裡，彩芸走到房間門口敲了門：「雲翔你出來，請你給我解釋一下，這幾天學校發生的事情。」

彩芸見裡面沒有聲音又再次敲門：「媽在問你，請你出來，解釋清楚。」

雲翔開了門很不耐煩走了出來，雲翔：「又怎麼了？什麼事？我很累了！」

彩芸生氣的說：「雲翔你看看在學校發生的事情，這些可以解釋嗎？」

雲翔一臉事不關己的：「那又沒什麼，到時候我自己再把那些過銷掉就好了。」

這時陳國輝從房間走了出來，陳國輝大聲的喊叫：「你自己搞出來的，請你自己解決，我不想看到這些東西。」

陳雲翔：「你大聲很厲害是不是？有什麼囂張的，沒你的事你就不要管，神經病一個，抓去關一關，看了礙眼。」

彩芸：「雲翔！那是你爸，你怎麼可以說出那種話出來呢？」

陳國輝喊叫著：「陳雲翔有種你滾出去外面住，不要給我住家裡面。」

彩芸氣了一下：「國輝你不要說那種話，明明你愛他的，你忍心趕他出去嗎？」

陳雲翔：「沒事喔！我去洗澡睡覺了。」陳雲翔走進房間，「碰」一聲門關了起來。

清早五點多陳國輝在樓下的便利商店抽菸，準備抽完這根菸就要上班，「咳！咳！咳！～」陳國輝突然咳的很嚴重，似乎喘不過氣來，這時後面有一隻手拍了幾下陳國輝的背部，然後遞了一瓶水給陳國輝，陳國輝勉強喝了幾口，也吐了幾口，陳國輝喘了一會兒，陳國輝起身：「謝謝，謝謝你的水，謝謝。」

年輕人：「還好吧！喘嗎？」

陳國輝揮揮手：「沒事，謝謝，你騎自行車啊？」

年輕人看了自己身上的衣服：「是啊！自己騎來玩玩的，大哥你有抽菸的習慣嗎？」

陳國輝：「我抽菸有二十年左右了，這還是第一次咳得如此嚴重。」

年輕人：「意思是說之前就有咳嗽了？」

陳國輝：「不好意思我要去上班了，先走了，謝謝你的水。」

年輕人：「再見！騎車慢一點。」

陳國輝今天休息的時候，一如往常抽了一根菸，可是陳國輝抽了幾口就開始咳嗽，不像以前是個小咳嗽，陳國輝一咳咳了很久，咳到菸都丟了還在咳，陳國輝心裡在想：「是抽到假菸嗎？便利商店賣的都是眞貨，再看看一陣子吧。」

***

下了班張純純搭著5619公車回家去，公車到站之後張純純騎著機車回家去。張純純到家之後，進入廚房下了一些水餃，趁著空檔張純純到明治的房間，張純純敲了兩聲房門，不一會兒房門打開，張純純動作快速的把房間整理一遍，垃圾收拾乾淨，這時水餃也滾起來了，張純純將熱滾滾的水餃撈起，弄了一盤到明治房間旁邊的板凳上，張純純再將門帶上，張純純洗了個熱水澡，張純純拖著疲憊的身子，端著一盤水餃到客廳前打開電視，一邊看著新聞一邊吃著水餃。沒有多久張純純又要忙著收拾餐盤，東西收拾乾淨，準備休息，明天五點就要起床，搭首班車五點五十分的5619公車上班。

一早五點整鬧鐘響起，張純純自動起床，早餐準備一下，張純純依舊敲了兩聲房門，便打開門把做好的早餐放在板凳上，張純純喊了一聲：「明治！媽媽出門了。」

張純純匆匆忙忙停好機車，準備搭公車去「PYPY 娛樂購物城」。今天張純純被派到北車道值勤，劉水昆看了一下張純純指揮動作，劉水昆覺得張純純指揮有問題，劉水昆：「妳這樣指揮不行喔！如果是這樣會被罵死的，等一下妳看我的指揮，一步一步慢慢來，盡量跟上，不用一次就定位，但是我希望妳至少先有一次到位，剩下的慢慢來。」張純純看著劉水昆的指揮動作，一動作跟著一動作，劉水昆：「妳的手臂要用力，有點甩出去。」

萬處長走到張純純面前：「有問題嗎？張純純？交管是不是不輕鬆？太陽大了熱死了，雨來了穿雨衣麻煩！」

張純純：「是在手勢這塊有一些問題。」

萬處長：「因爲文麟還有林鈺鋒有反映這問題，所以我特別來看一下，如果自己認爲不行的話，就不要勉強，我們還有很多哨點需要妳。」

張純純：「了解。」

萬處長看了劉水昆：「好好教啊！有問題說一下。」

劉水昆：「好的，沒問題。」

江麗水走了過來：「不要怕，做不好沒有人會笑妳，我剛開始加入義交的時候也是像妳如此，常常被幹部指正，多練習就對了。」

萬處長走到南車道旁邊，看著郝輝煌交管指揮，萬處長：「郝輝煌調你來這裡適應嗎？」

郝輝煌想了一下：「有點無聊！」

萬處長摸了一下下巴：「那你想去哪裡比較有挑戰呢？」

郝輝煌想了一下：「嗯！那可以調機巡嗎？」

萬處長：「我安排一下。」

今天的人潮、車潮開始減少許多，可能是上班日的關係，來逛街的人少了許多，從趙傳家的無線電聽見中控室的呼叫：「南車道指揮的時候請保持距離，不要跟義交聊天！」

趙傳家抬頭一看是陳恩典站在義交王寶釧旁邊聊天，趙傳家：「喂！喂！陳恩典正經一點好嗎？指揮交通指揮到女義交旁邊啦！」這時陳恩典用螃蟹方式一步一步走回原處，趙傳家：「陳恩典你怎麼不跟我這老頭子聊天啊？」趙傳家用手指了陳恩典幾下，陳恩典扮了鬼臉。

晚班人員上班集合點名，何嶽丞副理：「每天晚上都有很多施工單位進來換證，麻煩理貨跟換證要注意人員及車輛的控制，尤其注意申請施工時間，不要施工車停在理貨區超過時間，或是人到了時間還沒有離開，這些都要追蹤，如果沒有問題，該接哨趕快去，解散。」

日班人員下班集合點名，鄭襄理：「這幾天大家辛苦了，關於缺人公司努力應徵中，另外休假人員每天已經開始安排，還沒輪到的大家多等一下，明天休假人員：蔣靜美、張純純，還有要討論的話留下來，其他沒問題解散。」

蔣靜美聽到解散的時候大叫：「我休假了～」

在一旁的趙傳家看了搖頭：「人瘋了！人瘋了！」

蔣靜美：「拜託趙大哥讓小妹休一下可以嗎？」

趙傳家點頭：「可以，當然可以。」

張純純正在整理裝備的時候，陳恩典走到張純純背後：「張蠢蠢休假啊！」一聽到是陳恩典，張純純大喊：「陳恩典！」馬上轉頭要打陳恩典，陳恩典動作迅速的離開休息室，跑去執勤了。

張純純拖著疲憊身體回到家中，簡單的弄了一下飯菜，把明治的晚餐弄好之後，自己坐到客廳準備用餐，後來又起身打開 DVD 繼續看《滾滾紅塵》，不知道過了多久，張純純忽然醒了過來，DVD 又重新撥放，張純純不知道何時看到睡著，張純純記得吃飯的時候，剛好是晚上九點，張純純看了一下時鐘，已經是晚上十一點半了，張純純趕緊將東西收拾乾淨，準備來好好休息了。

***

江重滿下了班直接到「住所」，打開電源直接開始工作，江重滿希望五天的時間用二天的時間趕出來，以免夜長夢多。時間不知不覺來到凌晨四點，江重滿好不容易工作到一段落，而這時虎哥要的數量也已經提早達到，江重滿小心翼翼將「東西」包好，放在機車置物箱。

江重滿騎著機車一路趕回，沿途時速八十公里左右，這時後方一輛警車跟在後面，江重滿眼看警車跟在後面心一驚，該不會跟上次一樣攔下盤查吧？江重滿將機車速度漸漸放慢，試圖讓警車先過，警車依舊沒有動作，沒有多久警車鳴笛路邊停車，江重滿只能將機車停到路邊，這時候從警車上下來兩名警察，一左一右的靠近江重滿，左邊的警察：「大哥剛才騎車怎麼這快？很危險的，依照我們車子跟在你後面，沒有七十也有八十了，你知道這裡的限速嗎？」

江重滿：「知道，六十公里。」

警察：「知道還騎得這麼快，不怕出事啊？」

江重滿：「對不起長官，我知道錯了，眞的很對不起。」

警察：「有喝酒嗎？」

江重滿：「沒有，長官。」

警察：「可以打開置物箱讓我看看嗎？」

江重滿有點不滿的說：「長官，一定要開置物箱嗎？請問這是什麼規定？」

警察：「我要檢查不可以嗎？」

正當江重滿與警察爭執不下的時候，警察的無線電這時傳來急迫的聲音：「一輛黑色賓士車，沒有懸掛車牌，從市區走新關路往關西方向，目前加速逃逸中，該車輛有可能上國道，請各位學長支援。」

無線電才剛呼叫完，一輛黑色賓士車急速而過，這時候警察看著賓士車揚長而去：「沒事了，快點回家。」兩名警察匆忙上車，警車加速追趕上去，這時江重滿才鬆了一口氣：「幹！嚇死人了，趕快回去。」

江重滿回到家門口，將機車停好之後，並沒有馬上進屋，而是在屋外躊躇一會，最後還是選擇進屋，江重滿沖沖澡，把一身臭味洗了乾淨。隔日江重滿再度回到「PYPY 娛樂購物城」。撥了電話給劉浩星：「老大東西我幫你趕出來了，而且品質不變，就這一次而已。」

劉浩星聽見江重滿這樣說簡直不敢相信，劉浩星興奮的說：「好！好！今天！今天！我就叫虎哥來拿，你的部分一定一毛不差。」

依照約定時間虎哥來到「PYPY 娛樂購物城」機車停車場，江重滿站在遠處，看著虎哥取走機車裡的東西，虎哥順手放入一包牛皮紙袋，虎哥看了一下四周沒異狀騎著機車離開了，江重滿走近機車旁，數了一下牛皮紙袋數量，把一小部分鈔票拿出來，放在機車置物箱內，自己拿走牛皮紙袋，過了沒有多久，劉浩星騎著機車進來，到江重滿機車旁，取走剩下的鈔票，然後騎著機車揚長而去。

江重滿下班騎車等紅燈的時候，在路口看見江麗水指揮著交通，江重滿向江麗水揮揮手，只是江麗水背對著江重滿，在路口護著行人通行，並沒有注意到有人跟她打招呼，綠燈一亮，機車、汽車一起呼嘯而過，就這樣江麗水背影消失在江重滿的視線中。

正當江麗水站在路口時，後面有一個聲音：「麗水！麗水！下哨後一起吃晚餐！」

江麗水不自主地說：「好！」回頭一看原來是楊文欽，楊文欽微笑看著江麗水，江麗水笑了一下，綠燈亮了，江麗水又護著行人過馬路，等到行人過完馬路，江麗水又引導車輛前行。等到紅燈亮起，江麗水：「你怎麼有空來看我？」

楊文欽雙手背在後面一付督導模樣：「專程來看我們的義交，是否有確實執行指揮交通？指揮手勢是否明顯？出勤裝備無線電、反光背心是否配戴齊全？肩燈、指揮棒是否會亮？」

江麗水：「是～大人，大人說是就是，小女子配戴齊全。」

楊文欽：「哈！逗妳玩的，下哨之後吃個飯如何？」

綠燈亮起，江麗水又護著行人過馬路，等到行人過完馬路紅燈亮起，江麗水：「吃飯可以啊！今天先去我叔叔家吃飯可以嗎？我叔叔好久沒看到你了。」

楊文欽：「好啊！好久沒見到妳叔叔，打個招呼也好，等一下我買一些菜回去，這樣也比較方便，我先去買菜，等一下妳家見。」

江麗水：「騎車慢一點啊！」

***

這幾天陳國輝開車的時候，一邊開車一邊咳嗽，好不容易咳嗽停止了，有乘客關心陳國輝：「運匠你還好吧！有去看醫生嗎？」並且給了一罐羅漢果：「這個中藥很有效吃吃看，比西藥還有效果。」

陳國輝收下東西：「謝謝阿婆，謝謝。」

阿婆慢慢的下了車，這時上來一位年輕人刷了卡，看了一眼司機：「大哥你是不是之前在7-11的那位……」陳國輝從後視鏡看了一下：「對啊！我就是，好巧在這裡遇到帥哥，謝謝你當時幫我一個大忙，不好意思那天趕著上班，沒有跟你多說幾句話，今天搭公車要去哪裡？」

年輕人：「我要回去大東坑繼續整理我的屋子，我現在在大東坑那裡整理我的老家，因為我喜歡喝咖啡，所以我在那裡正在弄一間咖啡屋。」

陳國輝：「真羨慕你有自己的夢想，而且是要實現的夢想。」

年輕人：「對了，我看了你的名牌，你叫陳國輝是吧！我叫朱得勝，這是我的名片『柏菲特咖啡屋』，我的咖啡屋要開幕了，到時候陳大哥要過來坐坐，讓我招待你。」

陳國輝：「好的，到時候我會去的。」

陳國輝今天休假沒開車，今天到家扶中心上課，這是第二次上課，陳國輝進入辦公室準備上樓上課時，剛好輔導陳國輝的鍾漢泉社工下樓，鍾漢泉社工：「好巧遇到陳國輝爸爸，最近好嗎？」

陳國輝：「是啊！好巧，今天休假所以來這邊，等一下要上課。」

鍾漢泉社工：「是啊！上次有去你家拜訪一次，記得那時情緒不是很好，今天看起來不錯喔！」

陳國輝：「沒有啦！可能是氣消了，所以情緒好一些。」

鍾漢泉社工：「等一下要上廖老師的課，我就先不打擾了，有問題的話保持連絡。」

陳國輝：「好，謝謝。」

***

今天彩芸到了太和宮，彩芸心想最近家裡氣氛不是很好，雲翔在學校成績不好，連同其他表現也不好，回到家裡又跟國輝吵架，甚至兩人打了起來，最後叫了警察才解決，現在國輝又要定時上課，也不知道國輝上完課會不會改很多，想到這裡彩芸想到都煩死了，就那麼一個兒子，現在不管好以後出社會學壞嗎？正當彩芸想的出神之際，後面有人喊了一聲：「是彩芸姐嗎？」彩芸回頭一看是張純純，彩芸兩手抿住嘴巴尖叫：「是張純純對吧！」

張純純點點頭高興的說：「好久不見啊！彩芸姐。」

彩芸高興地雙手握著張純純的手：「妳怎麼會在這裡？」

張純純：「因爲我知道彩芸姐，今天會在太和宮拜拜，所以我等姐姐很久了。」

彩芸：「欸，幾天不見妹妹妳也太會說話了吧！去哪裡學的？教教我吧！」

張純純謙虛的說：「就上次說的保全工作，每天都讓我繃緊神經，每天做不好就被罵，又要隨時注意四周狀況，想一想還眞是很累。」

彩芸：「這苦是自找的！」

張純純疑惑的說：「爲什麼是自找的？」

彩芸：「剛才誇妳聰明，現在又變笨了！我記得上次妳有說交管多二千元，所以妳自願去，結果妳天天被挨罵，這不是自找的嗎？」

張純純面有慚愧：「是啊！自己找的麻煩。」

彩芸：「張純純不說這個了，我要來抽支籤，來幫我看看吧！」

張純純：「上次姐不是說不抽籤嗎？怎麼這次想要抽支籤？」

彩芸：「就是我家最近有很多心煩的事，上次我看妳抽籤，我也想要抽看看，看看後面的運勢。」

張純純：「好吧！那就試試看吧。」

黃彩芸抽了一支籤出來，張純純仔細的看：「柴米油鹽一肩挑，兩人挑擔一人掉，江山欲改五丈原，四方驚雷魚龍躍。」

彩芸：「這籤寫的是又不是，好像又不像，回去給國輝看看研究一下，說不一定國輝看得明白，對了上次妳也抽了一支籤，有準嗎？」

張純純：「是有些準啦！但是籤運都是說很久的，我現在也不清楚到底準不準。」

彩芸：「那就等等看吧！」

張純純：「出來太久了，我還有事情要辦，要離開嗎？」

彩芸：「反正我求完了，也抽了籤，一張看不太懂的籤，就回家吧。」

張純純：「再見了，彩芸姐。」

彩芸：「下次去『PYPY 娛樂購物城』找妳一起吃飯，再見。」

兩人騎著機車分別離開了太和宮。

彩芸回到家中，看見陳國輝剛進來，彩芸從冰箱拿出一瓶黑麥汁給陳國輝，黃彩芸：「補充一下提提神吧！」

陳國輝：「謝謝。」

彩芸：「我剛才去太和宮拜拜，順便就抽支籤，你比較聰明，你看這籤寫什麼？我是認眞看還看不懂！」

陳國輝笑了一下：「『柴米油鹽一肩挑』意思就是我們要努力工作，『兩人挑擔一人掉』說我們兩個要努力工作，這樣才不會累垮，這個『江山欲改五丈原』就不太懂，這『四方驚雷魚龍躍』眞的一點也看不懂，反正妳不要想太多啦！把雲翔照顧好，我就安心了。」

張純純騎著機車來到市場旁的擇日館，張純純敲了一下門，門內有人出來開門，張家錩打開門：「好久不見純純，進來坐吧！」

張純純：「是啊！今天休假特別來找哥。」

張家錩：「什麼事呢？」

張純純：「上次聽哥提起過，要多去關聖帝君廟走走，等下我要去關聖帝君廟，會在關聖帝君面前拜託醫治明治。」

張家錩：「很好！其實多去幾次會比較好。」

張純純：「想說上次哥幫明治『祈福』過，可以再幫一次忙嗎？」

張家錩：「可以啊！我再安排時間。」

張純純：「謝謝哥了。」張家錩：「最近工作還順利嗎？」

張純純：「還好，只是辛苦一點。」

張家錩：「沒事就好，注意啊！別讓工作壓垮自己。」

張純純離開擇日館之後，便騎車前往市區的關帝廟，張純純到關聖帝君前，擺上鮮花水果，開始跟關聖帝君祈禱，求關聖帝君保護張純純全家平安，求關聖帝君讓明治的症狀趕快好起來。

張純純提著菜回到家中，張純純抱怨著：「今天的菜怎麼這麼重？累死人了。」張純純將整個東西整理之後，到了明治房間敲了兩聲，裡面也傳出兩聲，張純純進到房間將午餐收拾乾淨，到了客廳終於坐下來，過了沒有多久張純純睡著了。

今天明治打電動打到一半覺得疲倦，索性早點休息不玩了，可是今天不知道爲什麼，一入睡就開始做惡夢，嚇的明治一直反覆醒過來，不知道過了多久明治終於入睡。不知道多久明治夢到他在水面下，明治一直掙扎著，但是無論明治如何掙扎，就是掙扎不起來，明治只能透過水面光影，似乎看見兩個人的倒影，這時明治離水面越來越遠，光線越來越暗。

明治又在女生廁所外，前面有五、六位女學生擋住門口，明治看見一個空書包掛在女生廁所裡面窗邊上，地下有一隻笛子反覆滾動著，有兩位男同學一前一後踢著笛子，明治看見笛子被踢來踢去，開始用力大聲尖叫，可是無論明治如何喊破喉嚨，明治卻發不出一點聲音，笛子突然飛了過來，嚇的明治狂叫一聲。

半夜時分大家正在熟睡，突然從廖明治的房間發出大叫的聲音，張純純從睡夢中驚醒，張純純趕緊起床去查看，張純純打開房門，查看明治的狀況，結果是明治在睡夢中說夢話，因爲太大聲，所以張純純都被嚇了一跳，張純純一邊抱著明治，一邊安慰著：「沒事，有媽媽在身邊，明治別怕。」這時明治醒了，眼淚不停地流下。

今天來了二位新進保全，大家都在爲這事高興，因爲有新人進來，可以使保全人數盡可能補上，這樣大家就可以正常休假。早上六點五十分日班上哨集合，萬處長：「今天有日本人要來參觀，交管哨、理貨哨、換證哨跟車塔要注意服裝儀容，日本人會進到設施來參觀，各位要注意一下，日本人來的時候會出示證件，交管哨記得要通報，解散。」

今天天氣異常悶熱，站在路上想要吹個自然風都是奢望，這時候六樓車道無線電呼叫：「六樓車道呼叫中控。」

中控室：「收到請說。」

六樓車道：「請中控打開空調，不然會熱死了。」

中控室：「停車場沒有空調，外哨都一樣，忍耐一下。」

陳恩典：「停車場有空調？這是誰啊？」

常鈺鴻：「陳恩典你有聽說停車場有空調嗎？」

陳恩典：「第一次聽過！」

常鈺鴻：「是新來的鄧嫦嫺嗎？」

林鈺鋒覺得莫名其妙：「叫中控開空調？是鄧嫦嫺嗎？不會吧？太誇張了。」

這時各哨聽了無線電對話覺得難以置信，停車場什麼時候有冷氣可以吹了？

郝輝煌今天開始擔任機巡工作，就是利用機車代替徒步巡邏，這樣機動力高反應快速，尤其針對廣大區域巡邏可以節省時間。郝輝煌見四下無人開始扮起飛機，郝輝煌口中唱著：「造飛機造飛機　來到青草地　蹲下來蹲下來　我做推進器　蹲下去蹲下去　我做飛機翼　彎著腰彎著腰……（註三）」

這時中控室透過無線電：「機巡太過分喔！」郝輝煌查看了一下四周，遠處正好有一支攝影機對著他，郝輝煌趕緊騎著機車離開現場。

***

今天七點半江麗水就下哨了，江麗水在路上買了一點東西回去，剛好楊文欽也到了，楊文欽：「這麼巧剛好我們一起到，東西給我拿吧！」

江麗水：「謝謝啦！」兩人一起進入屋內。

正當叔叔在整理客廳時，江麗水走了進來，江麗水：「叔叔你看我帶誰來了？」

叔叔起身一看：「誰啊？喔！是文欽啊！好久不見還帶東西來，眞是不好意思，請坐。」

楊文欽：「叔叔你好，好久不見。謝謝，這是麗水買的，準備晚餐吃的。」

叔叔：「剛才麗水才打電話跟我說有人要來家裡，我說妳臨時說我不好做菜。麗水說沒關係她會處理。沒想到來的是文欽，這些菜我看不是麗水買的吧？是麗水拗你買的吧！」

江麗水：「叔叔！我沒有~」

叔叔：「文欽！坐，麗水去廚房拿碗來。」

這時候江重滿從房間走了出來，楊文欽看到是江重滿便起身：「好久不見，聽說你出獄了，恭喜！」

江重滿：「犯錯就應該受處罰。」

楊文欽：「聽說在『PYPY 娛樂購物城』上班？」

江重滿：「就是在裡面當清潔而已，掃掃地、撿撿垃圾沒有什麼。」

楊文欽：「至少找到工作，重新開始。」

叔叔：「飯菜弄好了一起來吃，大家坐下來聊天。」

吃完飯後江重滿在屋外，坐著長板凳獨自抽菸，這時楊文欽走了出來，江重滿遞上一根菸，楊文欽點了起來，楊文欽：「這邊半山腰看出去的月色真好看，住在這裡晚上又可以聽見動物的叫聲，適合退休的人來居住。」

江重滿：「是啊！在上面這幾年有越來越多人搬來當退休定居，上面一棟接著一棟蓋了起來，這邊的農地開始變成臺北人的地，周休二日的時候臺北人整個家庭全部來這裡種田，還不只眼前這一塊，這下面全部都是。」

楊文欽：「地方自治屬於新竹縣管理，可是實際上土地所有權卻是臺北市人，再這樣下去的話，哪一天新竹可能就被臺北人『統一』了，這想想眞是一大諷刺。」

江重滿：「光是竹科搞了多少年，你說留住人才創造就業機會，結果呢？我們的田、我們的地沒人種了，老人家老了動不了，年輕人不想種田，因爲賺太少了，在這裡要山不是山，有什麼工作機會？全部跑出去了，竹北一片都是樓房，蓋不夠蓋到新埔來了，以前這裡都是種茶的，每一間都是製茶廠。」

楊文欽：「我聽說你們這邊要開一間咖啡屋啊？剛才太暗了沒看見找不到。」

江重滿：「就在我們家下面大東坑4K的地方，我也不是很清楚，聽叔叔說最近要開幕了，叔叔跟咖啡店老闆的爸爸認識，叔叔有跟他說叫我去幫忙，這樣我就不用去市區工作。」

楊文欽：「阿滿！你……還有在做嗎？」

江重滿一時之間語塞，楊文欽：「剛才說這麼多，就是要告訴你，珍惜現在所有的一切，離浩克遠一點。」江重滿又點了一支菸：「人在江湖，身不由己。」

楊文欽：「是自甘墮落吧！」

江重滿：「你……」

楊文欽：「我說的沒錯吧！老實告訴你，自從你回到新竹的那一刻，都在我們的監視之下，包括你跟浩克的關係。」

江重滿：「你派人跟蹤我？」

楊文欽：「不是派人跟蹤，只是你太醒目了，剛出獄的人，住在大東坑十公里以內的人都知道，尤其像你這犯過重大刑案的，怕你不知悔改捲土重來。」

江重滿有點氣憤：「原來要改過自新的人，是如此困難的，刑期滿了出獄還要被監視，難怪一些想要重新過生活的人會放棄，我知道了，現在我終於知道了。不過我倒想知道，十年前你願意放過我，到底是什麼原因，十年後卻處心積慮要抓我？」

楊文欽：「是『正義』教我的。你知道我到現在爲何不結婚嗎？那時候我認爲『親情大於一切』，我不想看見麗水痛苦，當時我確實心軟了，我跟麗水認識十年，這期間我應該跟麗水在一起，最後爲什麼沒有？因爲我心中的『正義』告訴我，對於你們這種人就不可以心軟。」

江重滿：「你太偏激了。」

楊文欽：「那請你不要被我發現，以免讓我不小心抓到你。」

這時叔叔走了出來：「你們兩個在外面抽菸，也不順便找我，只剩下我一個老人家。」

今天江重滿休假，江重滿趁著空閒，來到即將完工的咖啡屋，這時從屋內走出來一位年約三十歲年輕人，手中正拿著剛從德國寄來的 1ZPreeso JMAX 手搖磨豆機，江重滿：「不好意思打擾了，我想這是新開的咖啡廳，所以過來看一看，不曉得裡面還沒整理好。」

朱得勝笑了一下：「沒關係，我這又不是星巴克怕什麼，進來坐吧。」

江重滿跟著朱得勝一起進入咖啡廳，江重滿看了一下：「我看裡面差不多了，再稍微整理一下就可以對外營業了。」

朱得勝：「還不知道你的大名，我叫朱得勝。」

江重滿：「我叫江重滿，大家都稱呼我叫阿滿，叫我阿滿就可以了。」

朱得勝：「阿滿！歡迎來到『柏菲特咖啡屋』。」

***

一如往常 5619 路公車往返於新竹與關西之間，它是城市與鄉鎮的溝通橋樑，不管是天晴或是大雨，無論是黑夜還是白晝，5619 路公車始終堅守崗位，提供早出與晚歸的乘客交通工具，偶爾遇到擠得像沙丁魚的尖峰時刻，或是幸運遇到車內寥寥可數的離峰時間，它是多少人的回憶，我的喜怒哀樂或是你的悲歡離合，全部藏在這 5619 的回憶裡。

5619 路公車行駛在新關路上，公車靠站有人下車也有人要上車，朱得勝上了車找了座位坐了下來，看著窗外風景，朱得勝回憶小時候，全家還沒離開大東坑，爸爸常常帶著他搭公車到火車站去，然後搭另外的公車，爸爸說要讓他趕快了解如何搭車，以後才可以獨立生活，沒有多久到了「亞森農場」，朱得勝在這裡下車，自己一個人往「柏菲特咖啡屋」走去。

「柏菲特咖啡屋」開幕了，黃底黑字的「柏菲特咖啡屋」字樣，醒目又清晰，「柏菲特咖啡屋」開幕時沒有鞭炮聲，也沒有舞龍舞獅，門口前更沒有花籃祝賀，只有一些人前來祝賀而已。朱得勝在裡面忙進忙出，但是朱得勝卻樂此不疲，因為以咖啡會友是朱得勝最大的興趣，伊索匹亞耶加雪夫咖啡豆口味帶甘草、果酸，朱得勝：「誠摯邀請你來喝一杯。」

「幹！打死他」「很囂張嘛！」「有點錢很了不起喔！」一群人拿著木棍在教室樓頂痛毆一位同學，詹長揚：「很囂張喔！看你有多勇！」

沈崇煥：「幹！去死死啦，死大塊。」

被打的同學倒在地上一動也不動，幾名打人的同學則離開了現場，詹長揚：「我就說嘛！肉雞一隻。」

沈崇煥：「幹！家裡有點錢很了不起的樣子，過個生日好像很了不起，請大家吃餅乾？」

陳雲翔：「我看他被我們打的一動也不動，會不會有事啊？」

詹長揚：「你放心啦！等一下他就爬起來了。」

三人囂張無法無天的程度，老師也會忌憚三分，有一次上國文課時，國文老師在課堂上看見詹長揚趴在桌上睡覺，國文老師：「詹長揚同學怎麼趴在桌上呢？身體不舒服嗎？詹長揚同學！詹長揚同學！」沒有多久詹長揚起來，國文老師見詹長揚起來便開口：「詹同……」國文老師才剛開口說話，詹長揚馬上起身手拿一包白粉，跑到國文老師面前，右手迅速的砸向國文老師臉上，陳雲翔跟沈崇煥見狀，拿出預藏好的木棍，衝到前去亂棒毆打老師。

陳國輝騎著機車依循地址來到「柏菲特咖啡屋」，起初陳國輝沒有直接進入，先是在外面點了一根菸，視狀況再進入，陳國輝的菸還沒抽完朱得勝走了出來，朱得勝：「陳國輝弟兄你怎麼在外抽菸呢？怎麼不進來坐坐呢？來來，進來喝杯咖啡。」

陳國輝則帶著羞愧的表情：「謝謝。」

朱得勝：「感謝主，今天陳國輝弟兄來到『柏菲特咖啡屋』，感謝主，謝謝主耶穌。」

陳國輝：「你是基督徒？」

朱得勝：「是的，我是地方召會，原本我住在臺中市，所以在臺中市政會所聚會，現在搬回來老家住。先來喝杯咖啡吧！這裡就坐下來，你先試試耶加雪夫咖啡豆，喝的時候要涼的時候喝，含在口中會有甘草、果酸味。」

陳國輝喝了幾口，朱得勝：「覺得如何？」

陳國輝：「好像有朱弟兄說的樣子，有點酸酸的。」

朱得勝：「再喝一杯。」

陳國輝看了一下四周：「朱弟兄！這好像不是咖啡屋或是咖啡廳？」

朱得勝：「這不是咖啡廳，這是一間咖啡烘培屋，我會提供一些咖啡豆試喝，喜歡喝的人就會來買，所以這裡不提供蛋糕之類的點心。再來喝這支巴西喜拉朵咖啡，喝的時候也帶果酸，但是果酸屬比較厚一些的。」

陳國輝喝了幾口：「嗯，跟剛才喝的有些不同，果酸厚很多。」

朱得得勝：「國輝弟兄你有抽菸的習慣吧！」

陳國輝：「是啊！有二十年吧。」

朱得勝：「把菸戒掉吧！神住在我們身體裡面！我們的身體如同聖殿，如果我們抽菸酗酒等於破壞聖殿，所以基督徒不抽菸不酗酒的，上次我看你一直咳，我很害怕你會出事，抽菸對身體不好，能不要抽就不要抽。」

陳國輝：「戒菸？我想戒了很久，一直戒不成，這次就來試試看吧。」

朱得勝：「陳弟兄要加油喔，主會在你身邊支持你的，如果想抽的時候，呼求主耶穌，求主耶穌來幫助你。」

陳國輝：「朱弟兄我想我該回家了，我先回去了，掰掰。」陳國輝走到咖啡屋外，陳國輝習慣的拿出菸來要點，陳國輝看了一下手上的菸，又想起剛才朱弟兄說的話，陳國輝猶豫不決的時候，陳國輝把整包菸揉爛。

***

廖明治睜開雙眼，發現自己一動也不能動，如何掙扎也掙扎不開，原來自己被綁在樹上，這時候有幾位男女同學面帶微笑，慢慢地走到廖明治面前，突然椅子、棍子、掃把、水桶朝著廖明治頭上砸去，廖明治一聲尖叫，卻是喊破喉嚨也發不出聲音。廖明治又被綁在蹺蹺板上，廖明治感覺有兩個人站在他的面前大笑，但是太模糊了看不清楚是誰。

廖明治又到女廁所前面跪著，女廁所地上全灑滿書本，廖明治看見一隻笛子在書本上滾來滾去，廖明治想要撿笛子起來，笛子突然飛了起來，飛到廖明治眼前，上面貼著標籤，標籤上寫著「廖明治」。這時廖明治被這突來的景象嚇醒了，廖明治一直哭著，而張純純抱著明治：「明治你又作噩夢了是嗎？你告訴媽媽欺負你的人是誰，媽媽去學校找他們算帳。」只是廖明治一直哭著……。

李佳淳無線電呼叫：「理貨哨呼叫南車道貨車出。」

劉水昆用那裝作女人聲音發出：「南車道收，南車道呼叫理貨哨貨車入。」

李佳淳無線電呼叫：「理貨哨收。」

李佳淳無線電呼叫：「理貨呼叫南車道貨車出。」

劉水昆再用那裝作女人聲音發出：「南車道收。」

這時中控室無線電呼叫：「夠了！」這時劉水昆乖乖的站好，無線電也正常發音。

不甘寂寞的劉水昆寂靜了幾分鐘之後，又再次「不正經」起來，拿著指揮棒當劍一般揮舞來揮舞去，自己又自言：「我本是保全界的小白兔，現在是保全界的大野狼。」

義交潘孟明看了劉水昆這樣表現直搖頭：「劉水昆當保全當久了，頭腦都有問題了，這個應該跟你們主管說，這人有問題要去醫院了。」

劉水昆反駁：「亂說，這叫做自作賤，猶可爲。」
義交潘孟明篤定的說：「這不送醫院不行了，而且要送專門關這種人的醫院。」
時間下午一點十三分鐘中控室呼叫萬處長：「有人可以放我吃午餐嗎？我已經喊了六次了。」
萬處長：「我飛過去，再等我十分鐘。」
中控室：「○○××……」
郭婉君：「我從七點站到現在，已經站了六小時，有人來接我嗎？」
李育騰：「我這裡有尿布，妳忍著點，我現在送過去。」
郭婉君：「我不要，你自己用。」
王欽曜：「有人要接換證哨嗎？我站了四小時了。」
林鈺鋒：「我站北車道，我救不了你。」

張純純下了班回到家，已經快要九點，張純純弄好晚餐，還有一份臭豆腐，這是張純純在路上，順便買的一份臭豆腐，明治最愛吃的食物，一起給明治當作晚餐，張純純敲了兩聲房門，裡面也敲了兩聲，張純純開了門順便看了一下明治，明治看起來沒有什麼問題，張純純放心的關上房門。

張純純忙到一個段落，總算坐了下來，張純純看著電視放映著《滾滾紅塵》，張純純想起與益成一起的日子，心裡覺得溫暖許多，不知道是什麼原因，張純純想起那天傍晚，張純純在家準備晚餐，手機電話響起，張純純自然的接了電話，從對方話筒傳來是一陣急促聲，張純純聽了連連說：「好好……」電話掛了，東西收拾一下，搭了計程車就趕到醫院去了，原來是醫院通知廖益成在路上發生車禍，被酒駕的車子撞上，緊急送往醫院搶救，醫院發出「病危通知」。

張純純終於趕到臺大分院新竹醫院，當張純純剛踏進急診室時，一切都來不急了，醫生才剛宣布放棄救治，張純純當下不能接受這突如其來的打擊，張純純拜託醫生不要放棄，醫生告訴張純純，器官已經全部停止運作，再救下去只是無效。張純純只能慢慢走到廖益成旁邊，用那顫抖的右手慢慢掀開白布，掀開白布的那一瞬間，張純純只能大哭，張純純大哭抱怨益成不再等她幾分鐘，自私自己先走片刻不留。

後來才知道對方是酒駕連續犯，已經有四次被抓紀錄，可是到法官面前還是放了出來，這是第五次酒駕，而且這次還撞死人，可是對方絲毫不在乎，對方表明身上沒錢可以賠，要錢沒有爛命一條拿去，最後只能抓去關而已。

一個瓷碗的破碎聲驚醒了張純純，張純純以為發生什麼事，趕緊起身衝進明治房間，結果發現明治晚餐沒有吃，就連平時最愛的臭豆腐也沒有吃，只見碗被砸爛在一旁，張純純小心地收拾乾淨，明治則躲到棉被裡，張純純看了一下只能默默地離開。

***

江重滿依照叔叔的意思，把「PYPY 娛樂購物城」的清潔工作辭了，來到新開幕的「柏菲特咖啡屋」工作，朱得勝：「弟兄！幫我把這豆子拿過來。」

江重滿：「好，搬過來了。」

「請問有人在嗎？」屋外有人這樣問。

江重滿：「有，有人。」

兩位顧客進來：「不是一般的咖啡廳喔，可是我聞到好香的烘培味！」

朱得勝：「是啊！有些豆子剛剛才烘培而已。」

朱得勝：「來喝一杯咖啡吧。」

江重滿從屋外走進來：「朱弟兄有一位老人家來看你了。」

朱得勝：「是誰啊？」

曾伯伯：「是我啊！曾將軍啊！朱弟兄，曾將軍到還不開門迎接？」朱得勝：「失禮！失禮！

曾將軍，請坐喝杯咖啡。」

曾伯伯：「今天你請新員工啊？朱弟兄！」

朱得勝：「以前父親就認識，現在在我這邊工作。」

朱得勝：「之前這邊還沒弄好，曾將軍總是帶酒來，現在我這裡弄好了，要請曾將軍喝咖啡。」

曾伯伯：「我還是覺得我的酒比較好喝，但是在你這裡，要說你的咖啡最好喝。」

朱得勝：「謝謝，曾將軍他是少將憲兵退伍的，憲兵幹到少將很不容易的，請曾將軍自我介紹。」

曾伯伯：「我啊！以前的豐功偉業就隨風而逝就好了，所謂好漢不提當年勇，少將憲兵退伍沒什麼了不起的，我叫曾光華，今年八十歲，平日無所事事，當個無業遊民，年輕人記得啊！多讀點書做個有用的人，不要像我年輕時候一樣，被國家叫去敵後工作，後來同伴死了，國家以爲我也死了，就把我除名，幸好我逃回來，國家才恢復我的身分。」

江重滿看著手機訊息，有三通未接來電，江重滿索性將手機收進口袋，繼續手邊工作。

到了五點下班時間，朱得勝：「今天也差不多了，應該不會有人來了，江弟兄等一下我們把這裡打掃乾淨，晚上教會有愛宴要不要去？我們那教會林弟兄全家委身，把自己奉獻給教會，有機會認識一下。」

江重滿猶豫了一下，朱得勝：「沒關係啦！吃個愛宴而已，順便大家認識認識。」

江重滿：「好啊！反正晚上沒事，就跟朱弟兄出門看看。」

朱得勝與江重滿一起到了關西地方召會，朱得勝：「到了，就是這裡，林弟兄他們眞的很虔誠，把自家奉獻出來給教會，等一下烤雞桶我拿進去，這就是一家一菜，大家可以提供一樣菜來，像你的廚藝也不錯，可以試試看。」

江重滿：「朱弟兄你不要這麼說，我只是會那幾樣而已，我沒有很厲害。」

朱得勝：「千萬不要客氣，耶穌不是看你多厲害，而是看你有沒有那顆爲主奉獻的心。」

江重滿聽見「爲主奉獻的心」時心中波動了一下，朱得勝：「林弟兄你好。」

林弟兄：「朱弟兄你好，聽說弟兄的咖啡屋開幕了？」

朱得勝：「是啊！剛開幕，一開門就有人上門，感謝主。我跟你介紹這位弟兄江重滿弟兄，他還沒有信主，帶他過來認識一下，順便跟弟兄相調。」

林弟兄：「江弟兄你好，我姓林，雙木林。」

江重滿：「林弟兄你好。」

林弟兄：「有椅子就坐不要客氣，把這裡當成自己家，等一下愛宴的時候，千萬不要客氣，吃飽一點。」

透過林弟兄帶領領讀《聖經》，弟兄姐妹討論《聖經》之後，江重滿漸漸能放開心胸，沒有人問江重滿臂上的刺青是怎麼一回事，只有滿滿的祝福與代禱。

江重滿回到家門口，手機電話響起，江重滿拿起手機：「喂！……」

江重滿話還沒說對方就先開口了：「阿滿！打電話給你整天都沒接，你是在忙什麼？」

江重滿：「原來是老大啊！工作忙所以沒有接電話，抱歉。」

劉浩星：「上次虎哥的那一批，虎哥說品質很不錯，問問你還有沒有？」

江重滿：「老大，上次那一批做完我就說不做了，怎麼現在又要呢？」

劉浩星：「對方就說阿滿的東西就是棒。」

江重滿：「麻煩老大跟虎哥說一聲，小弟眞的不做了，上次差一點就被抓到了。」

劉浩星：「怎麼看到警察而已就嚇破膽呢？我記得以前你不是這個樣子，那股兇、狠、殺氣誰看了都怕，怎麼關出來變成縮頭烏龜了。」

江重滿：「還是那一句話，該幫你的我已經幫了，而且我也眞的不幹了。」

劉浩星：「好啦！你再想一想啦。」

江重滿電話掛上正要走進屋內，只見叔叔站在門口，江重滿：「叔叔你怎麼站在這裡，不去裡面坐著休息，外面開始變冷了。」叔叔沒有說一句話，獨自一人走進屋內。

***

早上十點在校長辦公室裡，一群家長正討論詹長揚三名學生，在學校歐打班上同學事情，有同學用手機拍下當時情形，這個影片被檢舉到校長室，校長原本想低調處理，但是被打的那一方家長堅持提告，校長不得已只好主持調停，雙方家長堅持不肯退讓。經過一小時的討論，總算有了結果，打人的一方要賠一萬元費用，並且寫悔過書。

彩芸從校長室裡一語不發的走了出來，雲翔則跟在後面，兩人就這樣一路從學校回到家裡。兩人回到家中，原本雲翔要直接到房間裡的，彩芸：「你進房間幹嘛？」

陳雲翔：「沒有，就進房間。」

彩芸：「進房間把門鎖鎖起來，在裡面做壞事嗎？」

陳雲翔：「沒有，哪有做什麼壞事！」

彩芸：「還沒有？別以爲你進房間門鎖起來，我就不知道。每次半夜三更都會聞到一股燒焦味，起初以爲是隔壁燒東西，結果味道從你房間傳出來，實在是難聞死了。」

陳雲翔一臉無辜：「怎麼可能呢？我又不會吸毒。」

彩芸從皮包拿出幾包白色物體：「看這東西從哪裡來的？我就從你的書房找到的，這是什麼？說！」

陳雲翔生氣的說：「媽！妳趁我不在進入我的房間。」

彩芸：「我做媽的不能進入我孩子的房間嗎？我的孩子在外面做了什麼事，我都不用管嗎？你爸每天開公車辛苦的工作，一天工作十五、六小時，賺錢供你讀書供你上學，結果呢？學壞！國中的時候還乖的，結果上了高中完全變一個人，打架、欺負同學、現在搞吸毒，我請問你以後要做什麼？成群結黨、打家劫舍嗎？」

陳雲翔一副不在意：「媽！妳說得太恐怖了吧，我像是那樣的人嗎？」

彩芸：「你還在自以爲是，你不會想到後果嗎？」

陳雲翔一副不耐煩：「媽！妳說完了嗎？站久了我的腳很痠欸，妳說這麼多跟我一點關係都沒有，是爸要把自己搞累的，爸不要開公車不就沒事嗎？」

彩芸：「你這做兒子的怎麼可以這樣說你爸呢？」

陳雲翔：「好了不要再說了，我決定要離開這個家了，爸也吵，妳也煩，吵死了。」

陳雲翔到房間裡東西收拾一下就離開了，彩芸生氣的大叫：「你去哪裡啊？有種就不要回來了，我們家沒有你這小孩！」

***

陳國輝：「下車小心一點，注意一下後面的機車。」

剛下車的乘客回頭看了一下：「這司機最近吃了什麼藥？態度改變這麼多？以前很兇，趕我們老人家下車，現在說話很客氣，差很多。」

黃耀文：「陳同學什麼時候變得這麼有禮貌？我聽了頭都暈了。」

林春生：「是啊！怎麼差這麼多？」

陳國輝：「喂！我就不能服務好一點嗎？」

林春生：「當然可以啊！」黃耀文：「史賢仁上線了。」

陳國輝：「是布袋戲啊！史賢仁今天好久不見。」

史賢仁：「大家好！才沒兩天就好久不見，你們有聽說詹子賢不做了嗎？」

林春生：「有啊！調度說他做到月底而已，現在公司越來越欠人，一個做好好的說不做了，眞可惜。」

黃耀文：「沒辦法，現在臺灣鯛越來越多了，動不動就客訴，說司機看起來像老人痴呆症，就要公司解雇司機，這是什麼邏輯啊？這可以告對方汙辱毀謗嗎？」

陳國輝：「沒辦法，多跟女乘客說兩句話，對方告我們性騷擾，少說兩句話，對方告我們態度不佳。」

史賢仁：「忍！就是打不還手、罵不還口，不到最後一刻絕不還手。」

黃耀文：「天下第一史賢仁說的有道理。」

陳國輝：「我接一下外線，先掛了。彩芸打電話來什麼事？」

彩芸：「今天早上去學校處理同學被打的事情，雲翔去打別人家的同學，對方家長堅持提告，後來好不容易說好賠對方一萬元，寫悔過書，回到家我把雲翔念過一遍，我在他的書房間裡發現毒品，但是雲翔不當一回事，說沒幾句話雲翔離家出走，國輝怎麼辦？孩子爲什麼會變成這樣？」

陳國輝：「先不要難過，目前還餓不死他的，回去之後再說。」

陳國輝下了班沒有直接回家，而是到雲翔就讀的學校附近繞繞，看看附近的便利商店，雲翔是否在裡面休息吃飯，找了幾間便利商店卻沒有結果，陳國輝看看手錶，已經是晚上十點多了，陳國輝只好放棄掉頭回家。陳國輝開門回到家，看見彩芸在沙發上睡覺，陳國輝輕拍了彩芸：「彩芸起來了，先去睡吧！」

彩芸從沙發上起身：「國輝你有去找孩子嗎？」

陳國輝：「我有找過但是沒看見，明天再說吧，先去睡覺了。」

一早陳國輝在便利商店買了早餐出門的時候，朱得勝牽著單車過來，兩人剛好碰面，陳國輝：「朱弟兄早！哇，騎單車健身不錯喔。」

朱得勝：「這麼早才五點弟兄要上班啊？」

陳國輝：「今天要發五點五十頭班車，所以就要這麼早起床。」

朱得勝：「那不打擾你，騎車小心注意安全。」

陳國輝本來還要多說兩句，因爲時間有點來不及，只好作罷。

***

廖明治在睡夢中夢到自己下課之後跟著兩個人走，那兩人的書包全部讓廖明治背著，那兩人邊走邊說，說的哈哈大笑，完全不管廖明治背了三個書包，那兩人走到便利商店門口，便直接進入便利商店，只剩下廖明治在外面等候，外面突然大雨傾盆，廖明治在騎樓躲雨，後面有人用力推了廖明治，結果廖明治重心不穩整個人摔倒在地上，這時那兩個人用腳直踹廖明治，在大雨中廖明治倒在地上失去了意識。

廖明治發現自己在水裡無法呼吸，想要到水面上喘口氣，任憑廖明治如何使勁力氣向上游，卻一直無法到達水面，這時廖明治透過水面看見上面有兩個人倒影，任憑廖明治如何奮力大叫，那兩人卻無動於衷，正當廖明治絕望之時，水面上又出現第三個人倒影，廖明治奮力往上一游，正當廖明治浮出水面時，廖明治看清楚那三人的臉孔，一瞬間廖明治大叫一聲，廖明治像是無重力一般掉進水深之處，水面的光線越來越暗淡，在這裡伸手不見五指，廖明治就在這不見光的水底，無力掙扎。

張純純下了班回到家中，張純純端著晚餐跟一份臭豆腐，準備進入廖明治房間，張純純敲了兩聲，這次裡面沒有反應，張純純認爲以往明治也是有這情況，所以就沒有放在心上，張純純輕輕打開房間，準備要將晚餐擺在板凳上時，發現板凳不見了，張純純看到明治倒在地上一動也不動，張純純趕緊扶起明治，張純純呼喊著：「明治！明治！你還好吧？醒醒啊！」

這時明治醒了過來，張純純抱緊了明治，明治則一直淚流不止。

一早張純純喝了二杯咖啡，還是精神不繼，張純純在換證哨努力打起精神，鄭襄理經過時看了張純純，發現張純純頻頻哈欠，鄭襄理問了張純純：「昨晚沒睡好嗎？」

張純純：「是的，昨晚家裡有一點事情，忙得比較晚一點，睡眠時間比較不夠。」

鄭襄理：「等一下下哨之後去接理貨哨，那裡長官比較少，但是自己還是要注意，家裡有事情就要說。」

張純純：「是的。」

張純純在休息室一直打哈欠，湯羽泉看見了好奇問張純純：「妳怎麼了？怎麼看妳無精打采的樣子，什麼事情耽誤了妳的睡眠？」

起初張純純支支吾吾的，湯羽泉：「沒關係有事情講出來，大家聽了能幫忙還是有其他方法，能解決的就解決，把這裡當成是一家人，不用害怕。」

張純純吞吞吐吐的說：「我們家有一個孩子，算一算今年高三了，可是二年級結束我就給他辦了休學，因爲他不會跟人家說話，連一句話都不會說，成績在學校都是最後一名，我看了也不是辦法，所以就辦了休學。」

湯羽泉：「在家呢？孩子如何跟妳溝通呢？」

張純純：「在家只會說一、兩個字，其餘都不會說，原來在高二之前都很正常，成績在班上都是前幾名，後來上高二之後就變成這個樣子了，起初帶去的課本作業簿都被畫的亂七八糟，我就很生氣罵他一本好好課本被你畫成這樣，以後還要讀書嗎？這書本還能用嗎？小孩只是看著我，一句話也沒說，後來其他課本也是這樣，念他他就哭給你看，我只好去書店看看有沒有一樣的，想辦法給他換新。這次更誇張了，帶去的好幾本課本不見了，有一次上音樂課要帶笛子，出門前我記得放在書包裡，結果回到家笛子不見了，我又準備笛子，放學回來笛子又不見了，我問他笛子呢？他又不說話，後來我在笛子上貼了姓名貼，結果回來的時候笛子斷成兩半，這次我不客氣問孩子，結果孩子就是不說，我實在沒有辦法了。我想了一會兒，是不是班上有同學欺負他？隔天問了導師，結果導師說是班上幾個同學下課在玩，有的同學不小心弄壞了，我想去學校了解狀況，結果學校以『家長會防礙學生上課』爲理由，不讓我進去，後來孩子整個都不說話了，我只好帶回家了，我想會不會是有什麼問題，還請我哥哥幫我看。」

湯羽泉：「妳哥哥看的如何？」

張純純：「我哥說前世因果就是要還的，我想說是不是什麼躁鬱症？還是精神分裂症？」

湯羽泉：「這個要看醫生才知道，我也不能判斷，但是聽起來不像是疾病方面，因爲前面有說同學問題，會不會是霸凌問題，我想要找專業的醫生來看。」

張純純：「算了，這樣過日子也好，沒有太多的煩惱。」

湯羽泉：「妳也知道我以前當警察的，我們什麼事情都會遇到，尤其是面臨高風險家庭，或是父親酗酒完會以暴力方式傷害家人，急需馬上安置處理等，有些案子社工不方便處理，我們警察都會配合社工他們，剛好我有認識家扶中心的社工，看看對你們有沒有幫助，這是他的名片，妳的孩子叫什麼？」

張純純：「他叫廖明治。」

湯羽泉：「我會先問問社工的看法，妳也可以直接打電話給他，跟他說我的名字就可以了。」

張純純看了名片：「新竹家扶中心竹東服務處鍾漢泉社工。」

***

朱得勝：「這個櫃子我們一起搬，小心一點。」

江重滿：「朱弟兄這個算小的，我自己來就好了。」

朱得勝：「不要啦！兩人一起搬比較輕鬆。」

江重滿：「放心，我身強體壯這個小意思。」

朱得勝：「我也很壯，而且我也很年輕，三十歲而已。」

江重滿獨自一人將櫃子放置定位，朱得勝：「江弟兄眞是厲害，今天我再泡一支咖啡給你喝喝看，品嘗一下這咖啡豆，你沒有喝過的。」

江重滿滿心期待：「好啊！我就等著品嘗喔。」

只見朱得勝將咖啡豆又磨又加水的，朱得勝：「來喝喝看這支咖啡豆，有什麼感覺？」

朱得勝倒了一杯給江重滿，江重滿喝了兩口之後：「帶有果酸的感覺吧！」

朱得勝：「你看這咖啡喝起來有果酸吧！然後呢，還有榛果甜度，味道不錯吧！跟之前喝的不太一樣，這是印尼曼特寧咖啡豆。」

江重滿：「確實是有不一樣，味道很香，都是咖啡的香味。」

江重滿：「朱弟兄怎麼會想要在這裡開咖啡屋呢？一般來說都是去市區開咖啡廳，比較會賺錢吧！」

朱得勝：「你家住上面一點吧，你還記得這以前都是種茶園，我們都是個體戶製茶廠。」

江重滿：「我有印象，這邊都是種茶的。」

朱得勝：「我的父親不想繼承製茶，他對製茶比較沒興趣，所以在我小時候，全家就搬到臺中住了，最近回來是因為我有開勞工相關課程，我看到咖啡一些相關課程，我就順便進修，我自己本來對咖啡有興趣，剛好想到在關西有一間老房子，空屋沒人住的，我就整理整理，在這裡開一間咖啡屋，來交朋友認識朋友。」

朱得勝：「那弟兄呢？以前做什麼？」

江重滿一臉尷尬：「我啊！小時候跟著家人吃香喝辣的，後來年輕的時候學壞、搞毒品，二十三歲的時候被抓去關，這一關就是十年，最近才剛出來的。」

朱得勝：「只要江弟兄認罪悔改，主會爲你開一條道路的，主必定會保守你一切的。」

這時候有兩位客人進來，是女兒帶著父親來喝咖啡的，女兒：「請問這裡有什麼咖啡可以喝的嗎？」

朱得勝：「我們來喝這個好了，巴西喜拉朵咖啡豆，喝起來會回甘喔，而且非常順口。」

女兒：「你們不像咖啡廳那樣有很多咖啡可以選擇。」

朱得勝：「沒錯，但是我會讓妳喝到眞正的咖啡。」

女兒：「我們來喝喝看這間的咖啡好不好？它不是一般的咖啡廳喔！」

父親：「咖啡妳們年輕人喝，我老人家都可以的。」

朱得勝：「請問一下妳們怎麼會知道，這裡有一間咖啡屋？」

女兒：「我們是住在龍潭那邊，龍潭到這裡很快，我們純粹是走一些鄉道的，大馬路走慣了，走一些鄉間小路，看看農田看看花。」

朱得勝：「妳父親是外省人嗎？聽起來口音有點不一樣。」

父親：「我從大陸跟著船逃來臺灣的，那時候我們在海南島跟老共作戰，後來師部叫我們撤退，我們跟著船上來，那時候船上位置不夠，船上東西能丟就丟，十幾大箱黃金也丟了，到最後連槍都丟了。」

朱得勝：「聽起來眞的很慘！」

父親：「那時候眞慘啊，沒有船票的人上不了船，很多人爬繩子上來，我看憲兵也不客氣，一個一個打下去，全部掉到海底。」

朱得勝：「那你大陸哪裡人啊？」

父親：「我啊！我年紀才十五歲便被國民黨抓去當兵，我家住長沙，那時候日本人準備要打衡陽，我就是那時被抓去當兵的。後來日本人要打衡陽，部隊整個到衡陽去，我記得軍長是方先覺，那時候整個部隊根本沒有什麼兵，我記得我的班長名字，因爲很好記，所以我一直記得班長叫『王小二』，那時候班上只有六個兵而已，我是新兵什麼都不會。沒多久日本人就殺過來，我第一次拿槍上戰場，我一聽到砲彈聲怕死了，那時候被逼得往前走，一邊走一邊哭啊！你不向前走，後面排長就開槍斃了你，那時候子彈從前面射過來，又有砲彈、迫擊砲，就在你的面前，一個好好的人就被炸爛了，旁邊的弟兄腿被炸斷了，你只能看著他哀嚎，日本人從天空投炸彈，地上用大砲打，很多人被炸得屍骨無存，後來日本人放毒氣，毒死了很多人，我們每天被炸的頭都抬不起來。那個班長王小二不怕死，帶著我們衝鋒，腳下踩的不是土地而是屍體，殺進日本人的陣地。那時候我們在壕溝休息，旁邊通通都是屍體，大家都明白撐不下去了，因爲打到沒有子彈了，再來一次就差不多了。」

我問班長王小二：「班長你想家嗎？」

王小二：「這裡有誰會不想家呢？」

我問：「班長你家住哪裡？」

王小二：「我家啊！江西南昌，你家呢。」

我說：「長沙。」

我又問：「我們殺了那麼多的人，會不會下地獄啊？」

王小二：「這個問題我不知道，我只是想著要活下來。」

我開始哭著說：「那我們會不會死啊？」

王小二：「你的問題很難回答，我不知道！」

我哭著說：「班長！我不想死啊！我想回家啊！」

王小二：「這裡每一個人都不想死，每個人都想過太平日子，你的問題應該是『日本人爲什麼要侵略中國！』沒多久砲彈開始落下，我們跟日本人拚了起來，結果我們被打散了，後來我就再也沒有看見班長了。」

朱得勝嘆息的說：「那個時代的悲劇！」

***

陳國輝一語不發的開著車子，整個路上話很少，陳國輝接起電話，陳國輝：「你好。」

鍾漢泉：「國輝爸爸你好，爸爸在 Line 的留言我有看見了，爸爸的意思是雲翔離家出走了，我想了解大概經過。」

陳國輝：「雲翔在學校跟同學打人，對方要求要負責，不然就要提告，後來和解賠對方一萬元現金。結果雲翔跟媽媽回家，媽媽在書房搜到一些毒品，後來媽媽跟雲翔起了口角，雲翔離家出走。」

鍾漢泉：「這樣我大概知道了，爸爸你先不要緊張，你知道雲翔今天有去上課嗎?」

陳國輝：「我有問老師，老師說陳雲翔沒有去上課。」

鍾漢泉：「雲翔沒有去上課，這表示雲翔跑了，這樣問題就大了。」

陳國輝：「我怕雲翔交到的朋友是壞朋友，如果是這樣就糟糕了。」

鍾漢泉：「爸爸你這樣分析也對，也是有可能的。」

陳國輝：「我看還是下班的時候，去外面繞繞看。」

鍾漢泉：「爸爸你這樣太累了，而且明天還要上班，又是開車，太危險了，等一下我先打電話問問。」

陳國輝撥了一通電話給朱得勝：「朱弟兄你好，我是陳國輝，公車司機還記得嗎？」

朱得勝：「是國輝弟兄，我當然記得，今天找我有什麼事啊？」

陳國輝：「我有一個問題想請朱弟兄幫忙。」

朱得勝：「是什麼問題呢？」

陳國輝：「就是我的孩子自從上了高中就開始學壞，打架、吸毒都來，現在又離家出走，我眞的快被煩死了。」

朱得勝：「這問題有一點複雜，既然上帝賜給我們產業，我們就要好好照顧。現在只能先禱告，我先替你禱告，親愛的天父：孩子來到你的面前，求主保守陳國輝弟兄，他的孩子離家出走，求主保守孩子能夠早點回家，不要讓父母掛心，這樣禱告是奉告主耶穌基督的聖名　阿們。」

陳國輝：「謝謝朱弟兄的禱告。」

朱得勝：「先看看有什麼需要再說。」

＊＊＊

在學校的一處角落，陳雲翔：「眞倒楣，我的東西被我媽找到，現在那些全部都完了。」

沈崇煥：「你還眞倒楣，你媽會管你，像我爸、媽連管都不管，他們根本沒時間，光工作就忙死了。」

詹長揚：「我爸媽每天吵架，吵到後來離了婚，我爸也不管我，每天去外面喝酒，喝到不知道人才回來。」

陳雲翔：「沈崇煥這段期間先住你家了。」

沈崇煥：「反正我家還有房間，你要住幾天隨你，詹長揚什麼時後再帶我們去上次去的地方，那裡看起來很刺激。」

詹長揚：「好啊，有空就帶你們去。」

陳雲翔：「廖明治你們還記得嗎？那個『冰棒』自從他被我們三個修理過之後，再也不能開口說話，現在每天躲在家裡面。」

詹長揚：「那個傢伙！每次東西不見就去告狀，告狀一次我就修理一次，我看他還囂張什麼。」

沈崇煥：「我記得我們把他綁在樹幹上，他一動也不能動，我們就用棍子打他，打得他一直求饒，我就偏不理他一直打。」

詹長揚：「還是沈崇煥厲害，游泳課的時候把他直接壓在水底，讓他不能呼吸，看了眞爽。」

陳國輝下了班先去學校附近看看，雲翔有沒有出現在附近？可惜每次都是失望的，想想雲翔可能去夜店、舞廳之類的，問題是那些店都在市區比較多，雲翔有可能去那麼遠的地方嗎？陳國輝決定到市區碰碰運氣，到了新開的商場「PYPY 娛樂購物城」，每次開公車都會經過這裡，雲翔會跑來這裡嗎？這麼大的地方要如何找起呢？陳國輝只好每一層樓慢慢找，走到四樓時覺得胸口悶悶的，有點喘不過氣來，心想可能是一次走太多樓層累了，於是找了椅子坐下來，看了一下手錶，已經是晚上九點半，時間不早了，陳國輝離開了「PYPY 娛樂購物城」，騎著機車往關西方向前去。

在眾星環繞的星空下，今晚的月色黯淡多了，秋天的風伴隨著機車一路而行，是秋風疾？還是機車快？沒有人能夠給出明確的答案。秋葉起，秋意濃，孤獨的心有誰能知曉？

＊＊＊

張純純在家中坐立難安，不時的起身向門口看去，張純純似乎在等待某人，不知道是何人可以讓張純純如此煩躁，張純純看著牆上的時鐘，又看著手機，張純純開始有點後悔，後悔沒事找事做，原本的太平日子這樣過就好，還要搞一些不相干的人進來，張純純覺得自己太無聊了。

這時一輛機車停在張純純門口，門口的電鈴響了，張純純趕緊開門，站在門口是湯羽泉，張純純：「是湯羽泉請進。」

湯羽泉：「張純純妳好，我們等一下鍾漢泉社工吧！他應該快到了。」

一輛機車朝著張純純家騎來，湯羽泉揮了手，機車加速到張純純家前停了下來。

湯羽泉介紹兩位：「這位就是我說的鍾漢泉社工，她就是之前跟你提過的張純純。」

鍾漢泉：「張媽媽妳好，湯羽泉有跟我說過妳們家的事情。」

張純純：「你們好，大家進來坐，不要客氣。」

湯羽泉：「事情的經過我已經跟鍾漢泉說過，我們認識很久，這方面他比較專業也比較清楚。」

張純純：「我知道，其實我也很掙扎，到底該不該打這通電話，後來還是選擇打這通電話，也很感謝湯羽泉你的熱心，今天你休假還陪著朋友來。」

鍾漢泉：「張媽媽不要這麼客氣，這也是湯羽泉告訴我說的，我才有這機會服務，但是張媽媽我要先說，這只是以我們的私交來看這件事，所以這沒有立案，後面相關問題如果包括就醫治療，張媽媽還要多思量。」

張純純：「我知道，你們願意來我就很高興了。」鍾漢泉：「等一下我會視狀況，可能第一次並不是很理想。」

張純純：「我知道。」

鍾漢泉：「等一下張媽媽先進入，然後再換我進入，湯羽泉你在外面稍等，一次不要太多人進入，那我們進入明治的房間吧！」

張純純敲了明治房門兩聲：「媽媽進去了。」

進入明治房間，看見明治很專心的打遊戲，張純純：「明治有人來看你了，明治聽見了嗎？」明治轉過身來看著張純純，張純純：「明治今天有人來看你喔！」

鍾漢泉小心翼翼地進入房間，輕聲地說：「嗨！明治你好，叔叔來看你喔，明治你在玩什麼遊戲嗎？」明治聽了點點頭。鍾漢泉：「你玩什麼遊戲？動作遊戲嗎？是打怪的嗎？還是你是法師？」明治專注著眼前的遊戲，沒有理會旁人，鍾漢泉探頭看了一下：「明治在玩傳說對決嗎？」明治點了頭。鍾漢泉：「叔叔也玩過傳說對決喔！你的牌位打到哪裡了？」明治看了一下鍾漢泉，明治拿起手機給鍾漢泉看，鍾漢泉：「傳說對決練到多少？」明治聽了笑了起來，鍾漢泉：「我還玩過很多遊戲喔，像天堂二、灌籃高手，我都有玩過喔！」明治聽了大笑起來，鍾漢泉：「明治你在家裡乖嗎？」明治點了頭。

鍾漢泉：「好棒喔！不錯喔！你知道叔叔爲什麼會來嗎？」明治雙眼注視著鍾漢泉，鍾漢泉：「我聽媽媽說你好像有點困難，特別是在學校部分，不知道願不願意，讓我知道發生了什麼事情？」明治的眼中開始充滿了淚水，鍾漢泉：「沒關係想哭的話就哭出來，你有什麼委屈，想哭的話就大聲哭出來。」明治的眼淚開始流下，漸漸的明治開始哭了起來，鍾漢泉：「是不是受了很大的壓力？受了很多委曲呢？你有跟媽媽說過嗎？」明治只是大哭著，鍾漢泉：「要不要跟叔叔說發生什麼事呢？」鍾漢泉向張純純使個眼色，張純純離開房間，鍾漢泉：「媽媽已經離開房間了，要不要跟叔叔說呢？」

張純純跟湯羽泉在客廳等著鍾漢泉，時間過了十幾分鐘，這時房間門打開了，鍾漢泉走了出來，張純純緊張站了起來直問鍾漢泉：「明治有說什麼嗎？」

鍾漢泉：「張媽媽妳不用太緊張，沒事的。」

鍾漢泉離開明治房間回到客廳，湯羽泉：「還可以嗎？」

鍾漢泉坐了下來：「基本上沒有太大問題，請問一下明治睡眠狀況好嗎？」

張純純：「他常常做惡夢，常常在半夜中驚醒我，我都要去安慰他，看起來像是很恐怖的惡夢！」

鍾漢泉：「張媽媽我要跟妳說，有機會我還是會來看明治，我的建議有些關於醫療部分，要請專業醫師來判斷，現在社會上有許多相關資源，可以上網查到。」
張純純：「那就眞要找醫生。」
鍾漢泉：「是的。」
張純純：「謝謝兩位花時間老遠來看明治。」
湯羽泉：「不要這麼說，張純純，同事之間幫忙應該的，我們也是經過而已，不用太客氣。」
鍾漢泉：「不要氣餒！張媽媽加油，一定還有辦法的。」

張純純下午趁著空閒時間，去外面採買一些東西，準備等一下的晚餐，今天早上經過社工的說明，張純純思考著未來下一步，張純純的眼睛餘光看見明治的房門沒關，一開始沒有多想什麼，後來仔細想想有點不對，於是打開房門一看，結果房間內不見明治人影，這時候張純純內心急了起來，一個人久沒有接觸外面，而且身上沒有帶錢，這要怎麼出去生活？張純純沒有想太多，趕緊出門尋找明治。

***

這一陣子江重滿跟著朱得勝，學習咖啡豆烘培技術，空閒時順便參加教會活動，起初江重滿對人還有點生澀，後來江重滿樂此不疲。一天晚上江重滿手機響起，江重滿一看是劉浩星打來的，江重滿嘆了一口氣：「老大這麼晚了有什麼事？」

劉浩星：「阿滿！可以再幫忙一次嗎？最後一次，這次做完我就不再找你。」

江重滿：「上次虎哥那批，我有多做，一樣的數量，剩下的自己想看看。」

劉浩星高興地說：「一樣的現金。」

江重滿：「明天早上我有事要去教會，時間下午三點吧！」

劉浩星：「阿滿！什麼時候你也信阿們啊？」

江重滿：「地點不變。」

劉浩星：「可以，只要東西能給我，通通答應你，這是最後一次。」

一早江重滿參加關西召會的主日，林弟兄：「江弟兄自從來了教會之後，現在人整個不一樣喔，主裡面的事積極去做，現在就像新造之人，江弟兄要繼續加油。」

江重滿：「是的。」

主日結束朱得勝：「重滿弟兄，等一下回去之後，先把烘培好的咖啡豆包裝起來。」

江重滿：「朱弟兄等一下我有事情，豆子的事情，等我回來我再處理。」

朱得勝：「重滿弟兄騎機車慢一點啊！」

江重滿準時在磚窯廠出現，這時候劉浩星也到了。

劉浩星：「阿滿！現在要找你實在不容易，你都去哪裡啊？打電話給你也不接。」

江重滿：「可能最近工作比較忙，所以電話沒聽見。」

劉浩星：「東西阿滿？帶了沒？」

江重滿：「東西在這裡。」

劉浩星：「這一份是你的，看一下。」

江重滿連打開都沒打開，江重滿：「可以。」江重滿東西拿了就立刻要走，劉浩星擋了下來，

江重滿：「東西給你了還有什麼事嗎？」

劉浩星：「沒事了。」江重滿：「以後不要再來找我了。」話說完江重滿騎著機車快速地離開了，劉浩星得意的笑著：「江重滿你以爲這樣說不幹就不幹，你以爲你贏了嗎？現在只是讓你，下次換你求我。」

江重滿一路騎回「柏菲特咖啡屋」，在路上覺得口渴，看到便利商店便停了下來，進去買了礦泉水找了個位置坐下來，江重滿看到陳國輝坐在旁邊悶悶不樂，江重滿對著陳國輝說：「你是那公車司機吧！」

陳國輝驚訝說道：「對啊！我是公車司機，你認識我？」

江重滿：「是啊！有的時候我會搭公車，我記得我有看過你，我叫江重滿，請問你如何稱呼？你看起來好像氣色不好？」

陳國輝：「我叫陳國輝，我是剛好人不舒服，胸口有點悶悶的，先坐著休息。」

江重滿：「怎麼了嗎？身體還可以吧？」

陳國輝：「我的身體倒是還撐得住，只是我擔心我的孩子，現在上高三，前一陣子離家出走，到現在都沒有消息。」

江重滿：「爲什麼會離家出走呢？」

陳國輝：「說了丟臉，小孩自從上高一之後開始學壞，霸凌同學、打架，後來去吸毒，最後離家出走，現在我不知道要去哪裡找人？前一、兩天到學校附近找人，也沒有看見。」

江重滿：「你的孩子叫什麼？我可以幫你問問看。」

陳國輝：「他叫陳雲翔，請問一下你知道他在哪裡嗎？」

江重滿：「我地址給你，你試看看，可能找的到，也可能找不到。」
陳國輝：「因爲是熟人才可以進去？」
江重滿：「是的，這也是我猜的，因爲我早就不幹了。」
陳國輝：「那恭喜你了，謝謝江弟兄給我重要訊息。」江重滿：「只是猜的不一定準。」
陳國輝：「有空我再去店裡喝咖啡。」
江重滿：「好的，『柏菲特咖啡屋』等著你，路上小心，再見！」
江重滿回到「柏菲特咖啡屋」，朱得勝：「事情都辦好了吧！東西我已經處理好了。」
江重滿：「我剛才在便利商店，遇到開公車的司機陳國輝，他剛好坐在便利商店休息。」
朱得勝：「我知道他，昨天他打電話來，可能心情不好，好像孩子離家出走，我就幫他做個簡單禱告。」
江重滿：「他有跟我說孩子的事情，我給了他地址，說不一定他找得到。」

***

陳國輝看了一下時間：「又要去家扶上課了，第三次上課，今天上完還剩下七次。」

好不容易一個半小時的課結束了，陳國輝回到家中見彩芸：「剛才我遇到一位朋友，我跟他說雲翔的情況，對方給了我地址，我想雲翔很有可能在那邊出現。」

彩芸遲疑了一下：「眞的嗎？人家隨便給個地址，就一定找的到人嗎？」

陳國輝：「試一試吧！我順便傳個Line給鍾社工。」

陳國輝與彩芸循著地址去看看，他們抱著希望說不定雲翔就在那裡。

陳國輝與彩芸按照地址到了地點，一看是一棟舊大樓，看起來不是很起眼的大樓，但是一樓像商店街，整個非常熱鬧，陳國輝與彩芸進入大樓，有些年輕人也來到這棟樓，陳國輝與彩芸搭乘電梯到達六樓，電梯還沒打開震耳欲聾的音樂聲早已圍繞在四周，這是一個舞池，裡面大概有二、三十名年輕人在這邊跳舞，陳國輝與彩芸往裡面走，經過一扇拉門，進入一個房間，再往前走經過一扇門，到一個房間，房間兩側有三名壯漢，壯漢圍住了陳國輝與彩芸去路，雙方發生推擠，陳國輝喊著：「我要找我兒子陳雲翔。」

在狹小空間陳國輝與彩芸被擠到牆邊，陳國輝想要推開也是費力，陳國輝喊著：「我要找我兒子。」

壯漢說道：「這裡沒有你的兒子，出去。」

彩芸被擠得尖叫連連，大家互相推擠中，陳國輝感覺快要呼吸不到氧氣，陳國輝試著推開壯漢，帶著彩芸退出房間，兩人慢慢走出房間，回到舞池的地方。

裡面的小房間詹長揚三人則在享受著拉K的快感，陳雲翔的頭髮整個染成綠色，整個人坐在地上像個瘋子大叫著，而詹長揚與沈崇煥兩人一直唱著歌，不時還會大笑。

陳國輝與彩芸兩人則搭乘電梯回到一樓，這時陳國輝臉色蒼白、全身冒汗，陳國輝雙手一直抓著胸口不能呼吸，彩芸將陳國輝扶到一旁椅子休息，彩芸著急地說：「國輝你是不是不舒服？休息一下好嗎？我去買水給你喝，等我一下。」這時彩芸起身要去買水，結果陳國輝從椅子上摔下倒在地上，彩芸大叫一聲。

救護車到了醫院急診室，兩名護理師迅速將陳國輝推了進來，急診室的醫師趕緊過來，沒有多久心臟科的醫師也過來協助。彩芸獨自一人坐在手術室門口，心情忐忑不安，彩芸的腦中一片混亂，只是找個人而已，怎麼會出這種事呢？

陳雲翔躺在地上不知過了多久，忽然手機響起，幾則未讀簡訊和幾通未接電話，陳雲翔用力的看了簡訊內容，簡訊內容寫著：「爸病危，馬偕醫院急診室，速至。」

幾通未接電話是媽媽打來的，陳雲翔努力地爬了起來，跌跌撞撞地走了出去。經過不知多久時間，醫師與護理師先後走了出來，醫師走到彩芸面前正要開口時，彩芸緩慢地站起來，並且點了頭，眼睛的淚水一直流下來：「我知道，謝謝醫師，謝謝。」

此刻鍾漢泉社工也趕了過來，鍾漢泉社工看見此情景無語，這時陳雲翔慢慢地朝急診室走了進來，一身懶散衣服不整的走到彩芸前，彩芸只是哭著沒說一句話，陳雲翔斜著頭看了一下四周，腳步不穩的雙手一攤：「爸～爸不是病危嗎？請問醫生那我爸治好了嗎？」

在場的所有人，不論是醫師還是護理師，甚至一旁病患的家屬看著陳雲翔，陳雲翔大笑著：「哈！哈哈！爸死了？所以爸死了是嗎？」頓時急診室只剩下機器運轉聲與陳雲翔的笑聲而已，鍾漢泉社工實在看不下去了，鍾漢泉社工憤怒地走到陳雲翔面前，右手指著陳雲翔的臉：「你的爸爸走了，你知道嗎？你清楚嗎？還是嗑藥藥效太強所以還沒退是嗎？你看看自己，翹家三、四天而已，自己變得什麼模樣？那是什麼頭？黑頭髮染成大綠色，這幾天你的父母親一直找你，你連電話也不接也不回，現在你爸爸死了，你可以高興了。」

陳雲翔這時才眞正意識到：「死了？是什麼意思？就是死了！就是爸爸死了，永遠不會再起來了，爸爸已經走了，那個會逗雲翔的爸爸走了，那個開著公車帥氣模樣的爸爸走了。」腦中一片空白的陳雲翔，跪在地上默默無語。

＊＊＊

一早六點五十分日班集合，鄭襄理：「廠商使用油壓板車，只能在理貨區使用，沒有通知不能放行，理貨哨特別注意，沒事的話，解散。」

蔣靜美：「那個郝輝煌拜託不要開演唱會啊！你以為這裡是小巨蛋啊。」

林鈺鋒轉頭看了一下：「是誰開演唱會？我們這邊劉水昆開華山論劍，有事沒事把指揮棒當劍揮舞來揮舞去，有的時候高舉警示燈，自己還是『PYPY 娛樂購物城自由男神』！」

郝輝煌躲在旁邊：「郝輝煌今天休假。」

何向陽：「郝輝煌還躲？就是說你。」

郝輝煌：「快閃。」

鄭襄理：「鄧婣嫻等一下去理貨哨時，注意一下地面清潔，有發現的話要回報。」

鄧婣嫻不耐煩的說：「鄭襄！理貨哨很累很辛苦，這個要顧那個也要管，可不可以調去換證哨？」

鄭襄理：「每一個哨妳都嫌累！我都不知道要安排妳去哪裡了？過幾天我再看看吧！」

中午的時候何向陽提著便當進入休息室，何向陽：「便當來了，請自取。」休息室只有陳恩典在休息而已，何向陽：「休息室剩下你一個。」

陳恩典：「是啊！要上哨了，要接趙傳家下來。」

陳恩典說著便起身出門，剛好鄭襄理迎面而來，鄭襄理：「陳恩典要去接哨。」

陳恩典：「接趙大哥下來。」

鄭襄理回到休息室準備要吃飯的時候，發覺身上的鑰匙忘記帶下來，身上的口袋檢查過都沒有，又出門去中控室找鑰匙。

張純純下哨經過中控室門口，莊經理手上拿著筆電從中控室出來，莊經理看見張純純便叫了一聲：「張純純要回休息室嗎？筆電跟你們借的，幫我還給鄭襄。」

張純純停下腳步：「好的，經理。」張純純拿著筆電準備回到休息室。

入金室裡一些店鋪正準備將現金存入保險箱，有的店鋪準備換鈔，其中兩名店鋪男性員工，趁中午時間來入金室，入金室人數只有五、六位而已，大多是二十出頭女孩子，看準時機，兩名男性拿出預藏的電擊棒及藍波刀，喝斥所有人退到牆角，有人看到藍波刀嚇得全身發抖，一動也不敢動，有人看到嚇得尖叫，這時立刻被電擊棒電暈過去，其他人看到開始尖叫，其中拿電擊棒的搶匪電暈所有人，兩人動作迅速的將所有現金全數裝進小背包裡，兩人快走離開入金室。

這時候鄭襄理走了出來，三人剛好在T字路口走道相撞在一起，藍波刀跟電擊棒掉落在地上，三個人看了一下地上的藍波刀跟電擊棒，三個人同時搶奪藍波刀跟電擊棒，鄭襄理與其中一人互搶藍波刀，藍波刀被對方搶走，另外一人用電擊棒攻擊鄭襄理，對方迅速在鄭襄理大腿畫上一刀，鄭襄理叫了一聲「啊！」，當場血流如注，張純純帶著筆電走了過來，剛好撞見三人在打鬥，對方拿著電擊棒往張純純的頭上劈去，張純純本能將筆電往頭上一擋，電擊棒打中筆電，張純純被這突如其來的揮擊尖叫了一聲，另外一人手持藍波刀，在張純純來不及反應時，向右手砍去，藍波刀在張純純右手臂上留下一道很長的傷口，張純純因爲手臂上大量出血，痛苦地蹲坐在地上，筆電也掉落地面。

搶匪殺紅了眼，準備再補上一刀時，藍波刀鏗鏘落地，張純純抬頭一看是黃文麟及時趕到，黃文麟的警棍剛好打在搶匪的手腕上，原來是鄭襄趁搶匪未注意時，趁機用無線電通知中控室：「入金室遭兩名搶匪入侵。」

此時中控室透過無線電得知入金室有兩名搶匪，中控室立刻切換入金室門口畫面鎖定並放大，蔣靜美指著畫面大聲喊著：「莊經理你看！」

莊經理立即反應：「中控室通知所有備勤保全帶警棍支援入金室，報警叫救護車，回報主管群、保全群、停管群，入金室遭人破壞，搶匪二員手持武器，現場有傷者，收到訊息各單位優先協助處理，已報警、已叫救護車。」

這時候黃文麟開門進入中控室歸還鑰匙，蔣靜美大叫：「黃文麟帶警棍，入金室有搶案，快去。」黃文麟趕緊打開保管箱取出警棍，飛奔至入金室。

在北車道的劉水昆從無線電聽見鄭襄呼叫中控室有搶匪，以爲自己聽錯了問了林鈺鋒：「林鈺鋒你剛剛有聽見什麼嗎？」

林鈺鋒心存疑問：「有啊！聽起來很小聲不是很清楚。」

南車道的所有人也聽見無線電的呼叫，其他各哨點也聽見無線電呼叫，正當大家議論紛紛時，此時中控室透過無線電呼叫：「呼叫所有下哨人員，緊急事件、緊急事件，入金室有打鬥情形，請至中控室領取警棍，安全帽，現在、立刻、馬上。」

「中控室呼叫北車道、南車道。」

「北車道收到。」「南車道收到。」

「現在入口車道一律管制，出口車道放行，待會會有警車、救護車，麻煩直接引導至員工出入口，物管主管會在現場引導。」

「中控室呼叫清潔中控，請派清潔人員至所有入口站崗，防止記者進入拍攝。」

第二位到現場的保全是趙傳家，趙傳家下哨時聽見無線電呼叫，直接衝到入金室，趙傳家身高一百八十以上體型壯碩，中校憲兵退伍，趙傳家趁黃文麟打掉搶匪武器空檔，衝到搶匪面前一拳擊中臉部，搶匪直接倒地不起，趙傳家後面還有常鈺鴻、劉鳴宏跟著前來，大家奮力將兩名搶匪制伏交給警察。

***

江重滿的手機不斷地響起，江重滿看了一下，便將手機收起來，等到下班之後，江重滿才回電，劉浩星抱怨著：「阿滿你怎麼這麼晚才回電？我都快要急死了。」

江重滿：「什麼事那麼急？。」

劉浩星：「再幫我一次忙！」

江重滿：「我已經說過，上次已經是最後一次，請你另外找人。」

劉浩星：「阿滿！拜託一下啦！」江重滿直接掛掉電話。

一連幾天江重滿未接劉浩星電話，後來劉浩星沒再打電話，劉浩星直接到江重滿家去，叔叔：「你要找阿滿，自己打電話，他現在不在家。」同樣的劉浩星去江重滿家裡，也找不到江重滿本人。劉浩星去「柏菲特咖啡屋」找江重滿碰碰運氣，結果「柏菲特咖啡屋」外面貼了一張紙條「公休三天」，劉浩星只能萬般無奈。

原來是關西召會趁著三天連假，帶著青少年去墾丁三天旅行，朱得勝與江重滿兩人全程參與。咖啡屋開門時，劉浩星早在門口等候多時，朱得勝：「歡迎！歡迎！不好意思讓你等太久，進來喝杯咖啡吧！」

劉浩星走進咖啡屋，看了一下四周布置：「老闆你這裝潢不是一般咖啡廳的感覺。」

朱得勝：「你不是第一個這樣說，之前已經很多人這樣說過。弟兄如何稱呼？」

劉浩星：「我叫劉浩星，他們都叫我浩克。」

朱得勝：「劉弟兄歡迎，稱呼我朱弟兄就好了，請你喝杯咖啡。」

朱得勝倒了一杯熱咖啡給劉浩星：「這咖啡有點酸，它帶有堅果口味，這是巴西喜拉朵咖啡豆，喝下去時先含在口中再呑下去，會有一股回甘而且爽口。」

劉浩星喝了一口咖啡，含在口中幾秒再慢慢呑下去，劉浩星點點頭，劉浩星：「這咖啡還眞像朱弟兄說的，好喝，好喝。」

朱得勝：「好喝的話，再來一杯。」

劉浩星：「請問朱弟兄，江重滿還在這邊工作嗎？」

朱得勝：「喔！你找江弟兄啊！他還在我這裡工作，他現在正忙，等一下他就上來，我會跟他說。」

劉浩星：「謝謝。」

江重滿從屋外走進來，一開門便看見劉浩星，江重滿裝作若無其事，江重滿對朱得勝說：「朱弟兄下面整理得差不多了，朱弟兄可以再看一下，還有什麼要整理的。」

朱得勝：「感謝江弟兄的幫忙，江弟兄！這位劉弟兄在這邊等你很久了，你先把工作停下好了。」

江重滿：「我先洗個手。」端了一杯咖啡，走到劉浩星旁邊：「我跟劉弟兄去外面坐。」

朱得勝：「好啊！」

劉浩星跟著江重滿走到屋外，選了大黃色遮陽傘的一張桌子坐了下來，江重滿：「老大，你這樣一直找我有什麼意思呢？我已經說過最後一次了，我眞的累了，我不幹了。」

劉浩星正要開口時，曾將軍牽了一隻小黑狗上來，曾將軍：「包青天你在外面等我就好，我進去喝個咖啡。」

江重滿：「曾將軍又來喝咖啡啊！」

曾將軍正在欄杆旁繫繩子，看了一眼劉浩星，曾將軍：「咖啡屋剛開幕怎麼可以不捧場呢？」

在屋內的朱得勝：「曾將軍又光臨小弟的咖啡屋，請進！請進！」

曾將軍對江重滿說：「你看千里傳音！我還沒進門，裡面早就知道我來這叫『曲奏迎神』。」

江重滿恭敬的說：「大將軍請進。」

曾將軍一進門，裡面的朱得勝：「將軍你又搞得這麼大的排場……」

劉浩星繼續說：「阿滿你不能再幫一次嗎？」

江重滿：「我說過了，我不幹了。」

劉浩星：「好吧！再說下去也沒什麼意思，我走了，阿滿你再好好想想，這咖啡多少錢？」

江重滿：「咖啡無價。」

晚餐的時候，叔叔與麗水等著最後一道菜，江重滿終於從廚房端出最後一道菜，那就是「蔥爆牛肉」，麗水：「哇！一看就是讚！眞漂亮，不愧是我哥，大家開動了，叔叔先來。」

叔叔驚嘆一聲：「哇！蔥爆牛肉好吃啊！牛肉炒得好！麗水吃吃看？」

麗水吃了一口之後：「哥！你去開餐廳啦！你的手藝越來越好，眞的可以開餐廳。」

江重滿謙虛的說：「還好啦！一般普通而已。」

叔叔：「麗水你有沒有覺得阿滿最近不一樣？」

麗水：「我覺得還是一樣啊！江重滿就是江重滿，江重滿是我哥哥，本來就是如此啊！哪裡有不一樣呢？」

叔叔：「妳看不出來？」

麗水笑了一下：「叔叔有啦，哥現在成熟很多，而且看起來很有自信。」

叔叔：「阿滿！前幾天你跟朱得勝還有教會去墾丁啊？」

江重滿：「那次啊！剛好連續三天連假，教會邀請青少年團契、得榮少年一起去辦活動，我們還去恆春的長老教會，跟他們一起主日崇拜。」

叔叔：「麗水妳知道嗎？他們教會的愛宴都是阿滿自己煮的，聽說他們喜歡吃阿滿做的菜。」

江重滿：「叔叔你說得太誇張了，沒這回事。」

叔叔：「有，還是朱得勝跟我說的……」

半夜時分貓頭鷹站在樹梢上，一股濃煙竄入江重滿的房間，「失火了，哥！失火了，哥！快起床！江重滿快起床！」麗水大喊著，江重滿被吵雜聲吵醒，江重滿聽見有人在喊失火，江重滿發現房間內開始有濃煙，江重滿抓了衣服向外跑，一開門整個濃煙就灌進來，江重滿用衣服摀著口鼻：「麗水妳在哪裡？麗水？麗水？」

只見屋內濃煙越來越多，江重滿用手機的燈來照著前方，江重滿到麗水房間，見麗水不在房間，趕快到叔叔住的屋子，江重滿看見屋外都是大火，想開門出去門外都是火，「叔叔，叔叔快出來失火了！」江重滿聽見麗水在呼喊，江重滿大喊：「麗水！叔叔！叔叔快出來！麗水！」

麗水：「哥！我在這邊。」

江重滿：「我們要趕快出去，不然火來了就完了，衣服給妳摀鼻。」

窗戶的玻璃開始一片一片的破碎，濃煙開始向外排出，江重滿：「我們現在只有大門可以逃出，麗水！我一開大門，妳就往外衝，了解嗎？」

麗水點點頭：「嗯！」

江重滿忍住高熱用盡全力終於打開大門，大門打開的一瞬間火舌竄了進來，江重滿後退了數步，整扇門被大火覆蓋，大門打開卻只有一個人寬度，江重滿大喊：「麗水衝啊！」

麗水將衣服披在頭上，奮力衝出火場，火舌一瞬間竄上屋頂，整個屋頂佈滿了火焰，麗水大喊：「快出來哥！」江重滿準備要逃出時，看見「六梅傳薪」匾額被大火燒去大半，隨之「六梅傳薪」匾額整片掉落地面，江重滿只能往前衝出火場。

消防隊這時趕到，消防隊員趕緊滅火，房子很快被大火吞噬，叔叔住的房子也被大火吞噬，麗水跪在地上哭喊著：「叔叔！趕快出來！叔叔！」

江重滿右手握緊拳頭：「劉浩星！你死定了！」

***

在一間狹窄的辦公室裡，上面吊扇緩慢的旋轉著，太陽透過後面的窗戶打在第一張辦公桌上，鍾漢泉坐在第二張辦公桌，專心地審視陳國輝檔案紀錄的每一字每一句，鍾漢泉沈思許久，拿起杯子喝了一口咖啡，最後提起筆來，在紀錄的末端寫上：「本案因案父往生，主要服務對象不存在，故予以結案。」並在結尾蓋上「鍾漢泉」紅色印章，左手緩慢的將檔案封面闔上，鍾漢泉嘆氣的說：「太晚了，一切都來不及了。」

後面的張督導站了起來，走到鍾漢泉旁邊，輕輕拍了鍾漢泉的肩膀，張督導微笑地說：「放心，一切都來得及。」

鍾漢泉遲疑了一下，鍾漢泉：「陳國輝的檔案已經結案，我就放在桌上，督導！我想休個假。」

張督導：「檔案就放著，有空我會看的，你放心的休假去吧！」

鍾漢泉將東西簡單收拾一下，起身帶著提包：「督導！走了，謝謝！」張督導右手一舉：「路上小心，休假愉快。」

站長林博煊與黃雪慧從調度室門口前後走了出來，黃雪慧一身輕便服裝長髮飄逸，身上斜背著一個小包，臉上帶著笑容，站長林博煊：「東西已經點交完畢了，可以鬆一口氣了，離開公車之後，未來妳有什麼打算？」

黃雪慧輕吐了一口氣：「未來……未來，未來我準備回花蓮老家，那裡的高山跟大海在等著我，我想在那裡開一間民宿，」站長林博煊：「開民宿不錯喔。」

黃雪慧：「站長你知道嗎？當時事情發生時，我看到對方已經 OHCA，當下我有一個衝動，就是一命賠一命……」

站長林博煊打斷黃雪慧的話：「說什麼一命賠一命，事情過去就好了，不要想太多。」

黃雪慧：「站長！我希望我開的民宿，在外面不遠的道路上，能夠看見公司的市區公車。」

站長林博煊：「會的，妳會看見的。」

突然黃雪慧熱淚盈眶：「站長！走了，再見！」

站長林博煊：「再見！路上小心。」黃雪慧騎著機車離開調度站，剛好遇到史賢仁中退開車回來，兩人像是互相道別，雙方各按一聲喇叭，站長林博煊送走了黃雪慧之後，點起了菸嘆了一口氣：「一次送走了兩個。」

***

鍾漢泉騎著機車來到陳雲翔家門口，鍾漢泉準備按電鈴時猶豫了，這時彩芸騎著機車回來，看見是鍾漢泉社工在門口，彩芸高興地說：「鍾社工怎麼有空來？進來坐坐吧！」

鍾漢泉社工：「雲翔媽媽我是想來看一下雲翔的狀況還可以嗎？」

彩芸：「雲翔喔！他現在改了很多，現在準備考大學，尤其那個綠色的頭變回黑色了，我叫他出來，等一下。」彩芸走進屋內叫了雲翔，彩芸跟雲翔一起出來，彩芸：「雲翔！鍾社工來看看你，你來跟鍾社工說你的計劃。」

雲翔摸摸頭：「對不起！鍾社工當時讓你生氣了，對不起！」

鍾漢泉社工：「事情過去就過去了，沒什麼好提的，聽媽媽說你訂了讀書計畫啊？」

雲翔：「沒什麼計劃，就是我要考大學了，這段期間我認眞讀書，希望能考到社工系，畢業當社工師。」

鍾漢泉社工：「爲什麼要當社工呢？當社工薪水不是很高。」

雲翔：「因爲當社工可以幫助很多人。」

鍾漢泉社工：「如果沒考上社工系呢？」

雲翔：「那我就去開公車，去服務乘客。」

鍾漢泉社工：「你有理想目標很好，加油。」

鍾漢泉社工對彩芸說：「雲翔媽媽我要走了，看到雲翔這樣我很高興。」

彩芸說：「不留下來吃飯？吃完再走。」

鍾漢泉社工：「雲翔媽媽謝謝，那就不打擾你們了，雲翔加油！掰掰。」

彩芸與雲翔同聲說：「再見。」

鍾漢泉社工心中帶著喜悅騎著機車離開了。

新聞快報：「今天中午大概十二點十分左右，『PYPY 娛樂購物城』發生開館以來最嚴重搶案，地點就發生在入金室，據了解有兩名男姓店員抓準入金室中午時間，沒有很多人進出，而且裡面全部為年輕女性，兩人認為有利於下手，於是帶著藍波刀與電擊棒，利用職務之便進入入金室行搶，一名搶匪先用電擊棒把全部人電暈，另一人開始搜刮財物，正當兩人要離開入金室時，正好遇到保全經過，三人大打出手，另一名保全遭到搶匪攻擊重傷倒地……

插播新聞：稍早『PYPY 娛樂購物城』中午時發生入金室搶案，經過保全奮力制伏，總共有四人受傷，其中兩名傷者為保全人員，已經送往國泰醫院救治，所幸沒有傷及要害，傷口縫合包紮之後出院，另外兩名傷者為搶匪，由警車送往南門醫院戒護救治，只是一些撕裂傷，沒有生命危險。據警方透露兩名搶匪為店鋪員工，平時就有吸毒的習慣，因為身上沒錢買毒品，因而鋌而走險，鑄下大錯。

『PYPY 娛樂購物城』開館第二天發生有民眾從四樓跳下自殺事件，開幕到現在短短的不到一個月，在光天化日下發生入金室搶案，對於『PYPY 娛樂購物城』的形象是否會造成影響？『PYPY 娛樂購物城』的內部控管是否出現漏洞？我們持續追蹤觀察。另外，我們記者透過管道取得內部第一手畫面，透過畫面可以看的出來當時打鬥之激烈，整個牆面及地面血跡斑斑，地上還留有斷成兩半的筆電……

『PYPY 娛樂購物城』剛才召開記者會，『PYPY 娛樂購物城』發言人說明整個事情經過。好的，現在是『PYPY 娛樂購物城』的店長張芳玥女士說明過程，我們將畫面轉到現場。」

張芳玥店長：「各位新聞記者大家辛苦了，對於本館中午發生搶案，本人深感抱歉與遺憾，剛才發言人已經說明案發經過，這裡我就不多說了，在這裡我要萬分感謝本館的中勇保全所有同仁，在第一時間就將搶匪壓制下來，整個事件沒有擴大，把本館的損失降到最低，同時也感謝分局警察同仁的協助，對於過程中有兩名保全人員受傷，我們會給予最大的醫療照顧，另外我們會檢討內部機制運作，提出改進方案……」

明治一個人在外面，已經超過一天，漫無目的的在街上閒逛，走累了就坐著休息，明治實在餓得受不了，明治到了一間麵攤前佇立許久，麵攤老闆叫了明治：「同學肚子餓了嗎？」

明治起初不敢回應，麵攤老闆再叫明治：「同學肚子餓了就坐下吧！我煮一碗麵給你吃。」同時等待老闆煮麵時，明治腳下有一隻小小貓鑽來鑽去，一隻黑白相間的小小貓，這隻小小貓一直磨蹭明治的腳，不時還發出「喵，喵，喵」的叫聲。

明治把小小貓抱起來，麵攤老闆看到明治抱起小小貓，麵攤老闆很是高興：「同學如果你愛這隻貓就帶回去吧，這隻小貓這一、兩天才來的，我也沒有特別管牠。」

明治抱著小小貓，開口慢慢說出：「臭……豆……腐，臭……豆腐，臭豆腐。」

明治大口吃著麵，麵攤老闆告訴明治：「同學，你知道我為什麼要煮麵給你吃嗎？」

明治搖搖頭，老闆繼續說：「因為你媽媽拿著你的照片四處找你，她說你不會說話，身上又沒錢，希望看到你的時候，煮碗麵給你吃。我剛才有打電話給你媽媽，你媽媽離開之前還留下電話，我想你媽媽應該快來了吧！」

張純純看到明治在麵攤旁坐著，張純純快步走向明治，明治看見是媽媽趕快起身，張純純不管右手的傷口有多痛，依然緊抱住明治，明治將懷中的小小貓給媽媽看，明治開口說話：「媽……要……臭豆……腐……」

張純純高興的說：「好！好！臭豆腐好！我們帶臭豆腐一起回家。」

***

一大早江重滿騎著機車，到劉浩星小弟常聚集的檳榔攤，江重滿一下車，有四、五個小弟圍了過來，其中一個小弟問江重滿：「喂！你要幹嘛！」

江重滿二話不說衝到前面：「要給你死啦！」

江重滿右手掛著指虎，隨即一拳重重的打在臉上，這名小弟馬上倒地，其他人見狀立刻圍上去，可是沒有一個人敢上前，江重滿的狠勁令人畏懼，江重滿烙下狠話：「跟你們家的死胖子說！有種明天晚上十點石光古道涼亭見。」

沒有多久江重滿就收到一則影片，是劉浩星傳的影片，裡面是劉浩星帶著小弟，準備放火燒江重滿家的影片，裡面還有劉浩星點火的情形。江重滿看了這支影片非常生氣，朱得勝：「江弟兄不要激動啊！凡事還是要依法，這個事情給警察處理，而且我們人單勢薄。」

江重滿不滿的說：「警察說要調路口監視器，有證據才能抓人，等警察抓人要等哪一天？我已經放話，明天晚上十點石光古道涼亭見。」

朱得勝：「現在你手上不是有……」

這時曾將軍走了進來，曾將軍：「朱弟兄啊！曾將軍又來看你了。」

朱得勝：「曾將軍喝杯咖啡吧！」

曾將軍：「我到旁邊坐著喝比較適合，不打擾你們。」

朱得勝：「有跟楊文欽談過了嗎？」

江重滿：「沒有。」

朱得勝：「沒有？江弟兄你一個人怎麼跟他們打啊？」

晚上九點朱得勝與江重滿在「柏菲特咖啡屋」，江重滿準備好指虎與鋁棒等一下出門，內心感到不安的朱得勝：「只有你一個人，我實在不放心，讓我陪你去吧。」

江重滿立刻拒絕：「不！不！太危險了，而且這是我們家務事，不能把你扯進來。」

朱得勝：「兄弟陪你，說這什麼話。」

江重滿：「眞的嗎？」朱得勝：「捨命陪君子，還有，傢伙留下。」

江重滿：「傢伙留下？不要開玩笑朱弟兄，我們是要去幹架的，沒有傢伙怎麼可以呢？你當我們是神功護體嗎？」

朱得勝：「不是神功護體，相信上帝。」

朱得勝與江重滿兩人準時在石光古道的涼亭等候，過了幾分鐘，對方騎著六臺機車，當中一臺是劉浩星也到了，江重滿一看見是劉浩星便要衝過去，卻被朱得勝攔了下來，劉浩星今天帶了五名小弟，劉浩星得意的說：「那場火怎麼沒有燒死你啊？你很幸運嘛！」

江重滿憤怒的說：「你這個王八蛋，我叔叔跟你沒仇，居然害死我叔叔，你不得好死。」

劉浩星：「說話小心一點喔！本來我是要燒死你的，後來我想想乾脆一起燒死比較方便，所以就順便了。」

江重滿：「你這沒血沒淚的傢伙，看我等一下怎麼收拾你。」

劉浩星：「阿滿你一個人打不夠，找幫手來嗎？」

朱得勝：「上帝會懲罰你的。」

劉浩星大笑：「我倒要看看上帝如何懲罰我？」

劉浩星對著後面的小弟喊一聲：「抄傢伙！」

大家從機車上拿出傢伙，有鋁棒、開山刀出來揮舞著，江重滿：「朱弟兄退到我身後。」

朱得勝：「我拒絕！」

江重滿以為自己聽錯，江重滿：「朱弟兄退到我身後。」

朱得勝再說一次：「我拒絕！」

雙方即將一觸即發的時候，警察突然從四周冒出，大喝：「所有人不許動，東西全部丟掉，所有人蹲下，雙手放在後腦。」

在茶園四周埋伏已久的警察突然出現，每個人手電筒打開，警車把三條聯外道路堵了起來，所有人只好把傢伙丟掉並且主動蹲下，劉浩星也只能乖乖蹲下，楊文欽特別看了江重滿一眼。

原來是曾將軍第一次見到劉浩星時，覺得這人非善類，當曾將軍知道談判時間和地點，便撥了一通電話給警察局副局長，請副局長來幫忙處理，順便跟朱得勝說明計畫，因此有了今天的結局。

一輛機車從江麗水面前經過，特別還對江麗水按了一聲喇叭，江麗水看出是楊文欽正要下班，江麗水還比了個讚。對於殺人兇手能夠順利逮捕，江麗水心中大石頭總算放下來，在指揮交通上雖然工作環境惡劣，但是卻甘之如飴，下班時間車流量大，尤其秋天天暗得比較快，更要小心謹慎。

這時候無線電傳出：

「中華路與中正路口發生車禍，有三輛機車被汽車追撞。」

「叫救護車了！」

「這不是麗水師姐她男朋友嗎？她今天有在線上嗎？」

「一名機車騎士 OHCA。」

「麗水師姐在線上。」

「先不要讓她知道。」

「你剛才這樣呼，她一定聽見了。」

江麗水無線電呼叫：「你們剛才說什麼？」此時無線電一片靜默。

江麗水再一次無線電呼叫：「你們剛才說什麼？誰能告訴我？」

江麗水對著無線電大叫「你們剛才說什麼？」

潘孟明嘆了一口氣無線電呼叫：「中華路與中正路口發生車禍，一輛汽車追撞三輛機車，已經連絡救護車和交通，一名機車騎士 OHCA，目前交通疏導中。」

江麗水無線電呼叫：「潘師兄誰 OHCA？」無線電一片靜默。

江麗水無線電大聲呼叫：「潘師兄誰 OHCA？」無線電一片靜默。

潘孟明無線電呼叫：「機車騎士 OHCA！」

江麗水無線電大聲呼叫：「潘師兄誰 OHCA？」

潘孟明無線電呼叫：「楊文欽 OHCA！」

江麗水對著無線電大叫：「你騙人！」

在車水馬龍的街上，江麗水用左手背遮住臉，一邊哭著一邊跑向車禍地點。

無線電呼叫：

「麗水師姐離開位置向中華中正路過去。」

「王寶釧師姐麻煩妳先去東門民族街。」

江麗水到了事故地點，看見楊文欽的機車倒在一旁，而機車被撞的支離破碎，前面一公尺處則是有一個帳棚蓋著，江麗水緩緩的走到帳篷前，顫抖的雙手緩緩地掀開帳棚，下一秒江麗水馬上跪在地上痛哭流涕。

教會正在主日講道，壯壯走路看起來有點搖晃，慢慢的走到教堂門口，壯壯站在門口徘徊，沒有直接進去，招待看見教堂外有一個年輕人在門口徘徊，招待：「年輕人歡迎你來聽講道！」

壯壯：「你們這裡有免費的飯可以吃嗎？我已經兩個禮拜沒吃到什麼東西，因為疫情的關係，最近三個月沒有收入。」

招待：「年輕人可以進來坐一下，等一下有愛宴你可以享用。」

司儀：「全體起立，唱詩生命河靈糧堂〈神的帳幕在人間〉。」

眾人齊唱：「神的帳幕在人間　祂與我們同住　我們是祂的子民　祂就是我們的神　神的子民進前來　奉主的名聚集敬拜　敞開我們的心張開我們的口　尊崇你名　在我們敬拜中　你寶

座設立　永恆榮耀充滿此地　在你同在裡　釋放出大能　將一切都更新……」（註四）

三年後……

一天下午朱得勝說：「來喝斑奇瑪吉藝伎這支咖啡豆，來自衣索匹亞藝伎的故鄉 Bench Maji 咖啡種植區，這是出自衣索匹亞 GESHA 卡爾馬赫農場的藝伎咖啡，有發酵過度的味道，乾淨有層次感。曾將軍！喝的時候要慢慢地喝，喝下後馬上回吐一口氣，有一種熱帶水果香味，保證你讚不絕口。」

曾將軍喝了一口對朱得勝說：「這杯咖啡好喝！記得你那員工江重滿去讀神學院要去當牧師？」

朱得勝：「是啊！江重滿去當牧師，後來他去印尼一個小島傳教，順便去找他的父親。」

曾將軍：「我聽說他去了一年結果殉道了？」

朱得勝：「是的。」

（註一）：〈心事誰人知〉作詞：蔡振南／作曲：蔡振南

（註二）：〈新竹風〉作詞：林良哲／作曲：陳明章

〈註三〉：〈造飛機〉作詞：蕭良政／作曲：吳開芽

〈註四〉：〈神的帳幕在人間〉作詞：施弘美／作曲：施弘美

國家圖書館出版品預行編目資料

愛相隨／活水著. --初版.--臺中市：白象文化事業有限公司，2024.4
面； 公分
ISBN 978-626-364-232-4（平裝）

863.57 112021995

# 愛相隨

作　　者　活水
校　　對　活水、林金郎
發 行 人　張輝潭
出版發行　白象文化事業有限公司
412台中市大里區科技路1號8樓之2（台中軟體園區）
出版專線：（04）2496-5995　傳真：（04）2496-9901
401台中市東區和平街228巷44號（經銷部）
購書專線：（04）2220-8589　傳真：（04）2220-8505
出版編印　林榮威、陳逸儒、黃麗穎、水邊、陳媁婷、李婕、林金郎
設計創意　張禮南、何佳諠
經紀企劃　張輝潭、徐錦淳、林尉儒
經銷推廣　李莉吟、莊博亞、劉育姍、林政泓
行銷宣傳　黃姿虹、沈若瑜
營運管理　曾千熏、羅禎琳
印　　刷　基盛印刷工場
初版一刷　2024 年 4 月
定　　價　280 元